今日の空の色

小川 糸

幻冬舎文庫

今日の空の色

目次

本文イラスト　くぼあやこ
本文デザイン　児玉明子

好きな人といつまでも

1月11日

あけまして、おめでとうございます！
今年も、どうぞよろしくお願いします。
年があけてもう11日も経《た》ってしまったので、あんまり新年という気もしないけど。
今年も、自分らしい歩幅で、一歩ずつ、前に進んでいけたらいいな、と思う。
年末にいろいろ作っておいたので、お正月はのんびりできた。
がんばった甲斐あって、おせちは◎。
ただ、伊達巻《だてまき》や昆布巻を4日まで持たせるのは、難しいみたい。
うちは、4日の夜に本家ペンギンファミリーと新年会をするのが恒例になっているから、どうしてもその日においしく食べられないと困るのだ。

また、おせちカレンダーを修正しなくちゃ。

でも、丸もちを焼いて間にからすみを挟んで食べたアレは、おいしかった！

完璧に、京都で食べた食堂Oの真似っこだけど、おいしかった。

これは、わが家の定番にしたいと思う。

黒豆の煮方も自己ベストを更新できたし、やっぱり、おせち作りはやめられない。

ここ数日は、本ばかり読んでいる。

中でも『おもかげ復元師』は、もうずーっと泣きながら読んでいた感動の一冊。

震災の時、損傷の激しい遺体を、生前のおもかげが戻るようにボランティアで復元の仕事をされた、笹原《ささはら》留似子《るいこ》さん。

あの時どんなことが起きていたのか、ページをめくるたびにひしひしと伝わってくる。

肉体的にも精神的にも辛いことなのに、使命を果たそうとするその姿が、本当に素晴らしかった。

残された人がきちんとその人とお別れし、前を向いて生きていくために、復元が必要だということ、いろんなことを教えていただく。

今日手にしていたのは、『沢村貞子の献立日記』。

沢村さんは、57歳から84歳までの27年間、一日も休まずに献立日記をつけていた。

忙しい女優業のかたわら、毎日ご主人に手料理を作り続けたのだ。

献立日記の36冊め、1992年11月23日（月）の朝食「スパゲティーミートソース」が、最後の記述になっている。

ご主人が亡くなったのは、それから2年後。

書かれていないその2年間を思うと、なんだか切なくなった。

お互いに結婚していた身で惹《ひ》かれ合い、結ばれた関係。だからこそ日々の食卓に、幸せを見出そうとしたのかもしれない。

ご主人が亡くなった2年後に、沢村さんも87歳で亡くなっている。

お二人ともお葬式はせずに、夫婦そろって遺骨は相模湾に散骨されたそうだ。

結局のところ、好きな人といつまでもおいしくご飯が食べられる人生が、いちばん幸せなのかもしれない。

　ということで、今夜の晩ご飯は、グラタンを作る。

　最近、ホワイトソースに凝っていて、何かといえばグラタンが食卓にのぼっている。

　いつもはジャガイモのスライスを入れたポテトグラタンだけど、今夜は、牡蠣《かき》と小芋とほうれん草のグラタンを作ってみる。

　ペンギンが、立派な牡蠣を買ってきてくれたので。

　おいしかった！

さようなら、私

2月5日

新刊のお知らせです。これまで、雑誌に発表させていただいた三編の小説を、一冊の文庫にまとめました。

タイトルは、『さようなら、私』。

幻冬舎文庫からの発売になります。どれも、「旅」をテーマに書いたもの。

「恐竜の足跡を追いかけて」はモンゴルが、「サークル　オブ　ライフ」はカナダが、それぞれ舞台になっている。

「おっぱいの森」は、2008年『ラブコト』という雑誌に書かせていただいた作品を、大幅に加筆したもので、これも、広い意味ではやっぱり「旅」かもしれない。

どの作品でも、主人公達は、自分が今置かれている日常から抜け出すことで、何かを見つけたり、気づいたりする。そうやって、過去の自分とお別れする。

だから、『さようなら、私』というタイトルにした。

私自身の経験から言えば、旅は、決して楽しいだけが醍醐《だいご》味《み》ではないと思っている。

モンゴルは、まさに修行のようだったし。

苦しいことや辛いことがいっぱいあって、でも結果的にはそんなことが、自分を成長させてくれるんじゃないかと思う。

快適な旅も楽しいけれど、あえて過酷な状況に身を置く旅も、私は結構好きだなぁ。

長編の時と趣《おもむき》が異なるのは、自分でも不思議。

ちょっとスパイスをきかせすぎたような気もするけれど、でもこれも私の一部分だと思っている。

文庫サイズでの登場なので、旅のお供にでも選んでいただけたら、うれしいです。

ちえこばーちゃんとくじら餅

2月13日

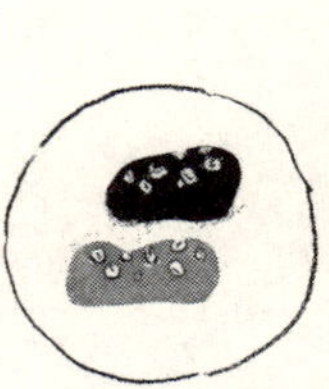

週末、山形に行ってきた。

赤湯《あかゆ》温泉と肘折《ひじおり》温泉に一泊ずつして、温泉三昧を楽しむ。

折しも大寒波で、どこに行っても、雪景色だった。

肘折温泉に行くのは、初めてだ。

山形新幹線「つばさ」の終点が新庄、そこから更に山の奥へ車で一時間ばかり行ったところにあるのが、秘湯、肘折温泉。ずっと行きたいと思いつつ、なかなかそのチャンスに恵まれなかった。

「つばさ」は新幹線とは言いつつも、在来線の線路を使っているので、スピードもあまり出ないし、駅も小さい。

新庄駅も例外ではなく、こぢんまりとした、かわいらしい駅だった。

その駅で、何人かのおばあちゃん達が、事務机を並べ、自作の漬物などを売っていた。

その中のひとりが、ちえこばーちゃんだ。

最近は、保存食であるはずの漬物にも、防腐剤とか保存料とか添加物がいろいろ入っていて、がっかりする。

ごくごく当たり前の漬物が食べたいだけなのに、そういうのを探すのは、なかなか難しい。

でも、ちえこばーちゃんの漬物は、何も入れていないという。

「食べてみて」と言われ、沢庵《たくあん》をすすめられた。

甘すぎず、しょっぱすぎず、パリパリしていて、本当においしい。

「おいしいね」と伝えると、「私が作っているんだもの」と胸を張る。

沢庵にはうるさいペンギンも、納得の様子。

これから肘折に行くので、明日また帰る時に寄らせてもらうことにした。

肘折温泉は、古い歴史を持つ、かつての（今も？）湯治場で、冬以外の季節は、朝市が立つという。

今でも、300人ほどが、暮らしているとのことだった。

ひなびた温泉街で、近くを川が流れ、ぐるりと山に囲まれている。

何よりも、お湯が素晴らしかった。

最近は伊豆や箱根に浮気をしてばかりいるけれど、やっぱり東北のお湯にはかなわない。

宿の家族風呂が、とっても風情があって、何度でも入りたくなるほどだった。

翌日、新庄駅に戻り、ちえこばーちゃんの漬物をゲット。

「うちからいいのを持ってきた」と言って、わざわざ奥の箱から漬物を出してくれる。

大根とカブを一袋ずつと、手作りの山菜おこわを買ったら、新鮮なしめじをおまけしてくれた。

新庄駅の売店には、他にも、納豆汁の素や、くじら餅など、懐かしい味がたくさんあった。

納豆汁の素は、山形のスーパーだったらどこにでも売っているのに、東京では見かけない。

納豆と味噌《みそ》が細かく混ぜ合わせてあって、これを出汁《だし》に溶かすだけで、手軽に納豆汁ができる。自力で納豆をここまで細かくするのは難しいので、納豆汁の素は、大助かりなのだ。

東京に向かう帰りの新幹線で、さっそくちえこばーちゃんの山菜おこわをいただいた。

しみじみと、おいしい。おこわは、こうでなくっちゃ！　という、まさにそういう味だった。

わざわざ米沢駅から入る牛肉弁当を頼んだペンギンも、おこわの方がおいしいと悔やんでいる。

ちえこばーちゃん、きっと、ものすごくお料理上手なんだろうな。

もっと、いろんなものを食べてみたい。

漬物のパッケージの裏に連絡先が書いてあったから、今度、手紙を書いて送ってみよう。

帰ってから食べたくじら餅も、本当に懐かしかった。

私が小さい頃は、薄くスライスしたものを、ストーブの火にあぶって食べたっけ。

そうすると、ほんのり焦げて、香ばしくなるのだ。

原材料は、もち米、うるち米、砂糖、塩で、かつては、ひな祭りのご馳走《ちそう》として親しまれていたらしい。

私が選んだのは黒糖味で、中に胡桃《くるみ》が入っている。

素朴な味で、初めて口にするペンギンにも大好評だった。

ちなみに、「くじら餅」という名前の由来には、諸説あるとのこと。

日持ちが良いので「久持良餅」となったという説もあれば、おめでたい意味の「久寿良餅」。

はたまた、クジラの形に似ているからとか、くずの粉を使って作ったからとか。

東北の他の地方にも、同じ名前の似たような餅菓子があると、聞いたことがある。

これが、昔はものすごいご馳走だったのかもしれない。

見つけたら、ぜひ試してみてください！

あと一回

2月26日

『リボン』の再校ゲラが届いた。

泣いても笑っても、私が手を加えることができるのは、あと一回になった。

ずっとおなかの下で温めてきた作品だけに、ようやくここまでたどり着いて、感慨深い。

作品を発表するまでは、本当に何回も何回も繰り返し読み直すのだけど、だいたい、どの作品でも、そのうち一回くらいは、自分がまるっきり読者になったような気持ちで、入り込んで読むことができる。

そんな時は、結構感動したりするのだけど。

あと残り一回が、そんなふうな時間になれたら、幸せだと思う。

私は、ゲラを読む作業って、とっても好きだ。

今回は、カバーのイラストをGURIPOPOさんに描きおろしていただいた。本当にすてきなカバーになりそうなので、ぜひ、作品と共に楽しんでいただけたらうれしい。


今日は、朝4時半に目が覚めた。

昨日、エステをやったら早く眠くなって、9時半に布団に入ったからかもしれない。

パッと目が覚めて、外はさすがにまだ真っ暗だったけど、気持ちよかったので起きてそのまま仕事をした。

なかなかいい感じ。

睡眠のゴールデンタイムである夜の10時から2時までをしっかり寝たせいか、かなりすっきりとしている。

今書いているのは、次の作品。

せっかくなので、このリズムを続けてみようかしら。

朝陽《あさひ》が昇るのよりも先に起きると、すごく得をした気分になる。

今は、『リボン』ができるのが、楽しみで楽しみで仕方がない。

この作品を書いている間中、本当に幸せだった。

自分自身が卵を温める鳥のような気分で、愛《いと》おしい作品になったと思う。

私の手の中にあるのもあと数日と思うと一抹の寂しさを覚えるけれど、悔いのないよう、しっかりと愛情を注いで送り出さなくちゃ。

この冬はしつこく寒いけれど、それでも梅が咲いて、水仙も咲いて、春がバンザイするのも、あとちょっとだ。

もう少し寒さに耐えれば、暖かい春が来る。

新潟へ

3月8日

『リボン』の再校ゲラを送り出した。

いよいよこれで、私とつないであったへその緒が切れてしまう。

おぎゃーと出てからも、つながったままおなかにのっけて、たっぷりと栄養は送ったから、もう切っても大丈夫。

今は、そんな感じかしら。

今回は、『リボン』と一緒に、『つばさのおくりもの』という小さい本も出させていただく。

『リボン』が親なら、『つばさのおくりもの』はその子どもみたいなもの。

去年の暮れ、毎日新聞の関西版に連載したものをまとめたものだ。

『つばさのおくりもの』には絵がたくさん入って、すごくかわいい本になりそう。

これだったら、まだ小学1年生のららちゃんにも読んでもらえるかもしれない。

あとはもう、完成を待つのみだ。


そして今日は、これから2泊3日で、新潟の方へ取材旅行に行く。

本当は、うさぎ追いという行事に参加するはずだった。

うさぎをつかまえて、鍋にしていただく、という伝統行事があるのだけど、どうやら行政からの指導でそれができなくなり、ちょっと残念。

でも、うさぎは昔飼っていたし、大好きなので、ちょっとホッとしている面もある。

この冬は意識して雪国に足を向けているけど、やっぱり雪深いところに暮らすというのは、本当に大変なことだ。

雪というと、私は真っ先に、学校までの通学路を思い出す。

近所の友達と待ち合わせをして、毎朝一緒に登校していたのだけど、雪が降った朝は、歩道も雪がいっぱいで、自分で道を作るしかない。

足もとを確保するので精一杯な上、寒いので、ほとんど喋《しゃべ》らず、お互いに無言で黙々と歩くのだ。

雪は、人を寡黙《かもく》に、内省的にする。

でも、ひとりで雪道を歩くより二人の方が楽しくて、何も言葉を交わさないのに、なんだか通じ合っていた。その距離感が、妙に心地よかったのを覚えている。

今日は午後、かまくらを作る予定。

かまくらを作るのなんて、何年ぶりだろう。

あの、中に入った時の守られている感じが、たまらないのだ。

ふるさと　3月27日

録画しておいた『波のむこう　浪江町の邦子おばさん』を、ようやく見た。

これは、イギリス在住の日本人ディレクター、三宅響子さんが制作したドキュメンタリー番組。

NHKを含む世界7か国の共同制作で、三宅さんというひとりの個人的な視点からとらえられている、稀有《けう》な内容だ。

この番組が、本当に素晴らしかった。

三宅さんには、浪江町に暮らす邦子おばさんがいた。その関係で、幼い頃からよく浪江町に遊びに行っていたそうだ。

そんな邦子おばさんが暮らしていたのは、原発から18キロの地点で、浪江町には原発がないにもかかわらず、結果として原発の被害者となり、避難を余儀なくされる。

画面に登場する邦子おばさんは、明るくて前向きで、パワフルな印象だった。浪江町で、結婚式場と葬儀場を隣同士の立地で経営し、さらにはベーカリーまで営むというビジネスウーマンだったと知り、納得する。

けれど、その仕事も、原発事故によってできなくなった。

一時帰宅でベーカリーに立ち寄った邦子おばさんは、カビだらけのフランスパンを拾い上げ、ハハハハハと笑っていた。

「こんなことで、負けていられない」と。

その頃はまだ、浪江町に戻って仕事が再開できると、信じていたのかもしれない。

浪江町の死者・行方不明者は184人だ。

津波の翌日に起きた原発事故で捜索を打ち切らざるを得なくなり、結果として助かる命も助からなかったのではないかと言われている。

生き残った住民2万人は、全員避難している。

今までは朝からずっと仕事をしていた人達が、仮設住宅などで暇を持て余している姿は、本当に気の毒だった。

避難中の3人のお年寄りが、道端に座って話している映像がある。

「なんぼ困っても、笑ってるしかねーわよ」と言う姿に、東北の人の強さを感じた。

今まで仕事を持っていた人達から職や生きがいを奪うことがどれほどの罪か、改めて考えさせられる。

隣の大熊町には、原発があるが、浪江町には、原発がない。

だから浪江町の住民は、原発城下町として潤う近隣の町の繁栄を、横目で見てきた。

スナックでも、お百姓さんは隅っこにおいやられ、お金を使う東電さんは威張って真ん中の席にいたり。東電さんに勤めている家の奥さんはヴィトンの財布を持って買い物していたり。大熊町ではお米の値段が下がると町から補てんしてもらえたり。

そんな姿を複雑な思いで見てきたのだ。

だから、自分達の町にも原発を誘致しようとして、町が二分したこともあったという。

東北電力による用地買収に同意した人は、その土地を売ったお金で、よその土地に移り立派な御殿を建てたそうだ。

そして用地買収に同意しない人に対しては、家の前にし尿をまかれたり、霊きゅう車を呼ばれたりと、さんざんな嫌がらせがあったという。

結局、2011年4月に、原発の誘致は白紙撤回となった。

邦子おばさんは、言う。

「今まで何十年とがんばってきたのが、一瞬のうちに何もない。

原発反対、原発反対と言ったところで、所詮《しょせん》はどうにもならないのかなぁ。

絶対安全なんてことは、ないんだね。無知だったんだね。

信じてた自分が情けない」

これは、私も含めて、多くの人が同じような気持ちなんじゃないかと思う。

最初の頃は、いつか浪江町に帰れると信じていた邦子おばさんも、現実を見るにつけ、気持ちが変化する。

もう浪江町に帰れないかもしれないと、自宅に残した大事な荷物を取りに行った邦子おばさんは、それでも倒れた植木鉢に、水をあげていた。

「だって、生きてるんだもん」という言葉が、印象的だった。

甘い甘い実をつけた自慢のブルーベリーも、もう口に入れることはできない。


番組中、2回、『ふるさと』が流れた。

避難先の一軒家で猫と暮らす山田さんが、お酒を飲んで酔いつぶれながら歌う『ふるさと』。

そして、邦子おばさんがカラオケのマイクを握りながら歌う『ふるさと』。途中から、旦那さんも加わり、二人で『ふるさと』を熱唱する。

私は今まで、『ふるさと』の三番の歌詞なんて、知らなかった。

でも、避難先で暮らす人達のみんなの思いが『ふるさと』に込められていると知り、涙が止まらなくなってしまう。

私はもう、『ふるさと』を聞いたら、反射的に泣いてしまうだろう。

あんなにも浪江町に帰りたがっていたのに、邦子おばさんは、別のところで仕事を再開する準備を始めた。

結婚式場はもうやらず、葬儀場だけを続けたいという。

その強い意思に、胸を打たれた。

花が好きな邦子おばさんは、避難先の福島のアパートでも、ベランダや室内で、たくさんの植木鉢を並べ、育てている。

ひとしお

4月5日

しばらく、深い余韻《よいん》に浸ってしまった。

できたての『リボン』をおなかにのせて、ソファにごろんと横になったまま、起き上がれなかった。

歓声を上げるでもなく、踊り出すでもなく、ただただ、静かに誕生のよろこびを味わっていた。

思えば、長い道のりだった。

デビューから5年が経って、長編5作目で、ようやく、理想的なコンディションで書けた気がする。

おなかにどっしりと重しをつけている感じだった。

最初にイメージしていた通りの出来上がりになっている。

なでなでしたり、頬《ほお》ずりしたり、抱き寄せたり、キスしてみたり。

もう、かわいくてかわいくて仕方ない。

さっきから、新生児の眠るベッドをのぞきに行くみたいに、何度も姿を見ては、そのかわいらしさにため息をついている。

だって、本当にかわいいんだもの。

いつもながら、自分の生んだ子じゃないみたい。

読む人がどう感じるかはわからないけれど、自分の中では、いろんな意味で、自己ベストを更新できたかな、と思っている。

これから、他の人にもたくさんかわいがってもらえますように。

末永く、お付き合いしてくれる人と巡り合えますように。

『つばさのおくりもの』と並べると、お互いのかわいらしさが、さらに引き立つ。

あぁ、幸せだ。

こんなにきれいな作品にしていただいて、本当にしみじみ、自分は果報者だと思う。

この週末は、べったり『リボン』と過ごして、誕生の余韻を思う存分味わうつもり。
もう、誰よりも早く読んでしまおうかしら。
そのくらい、今の私は『リボン』にめろめろです。
見つけたら、なでなでしていただけるとうれしいです。

とびっきりの一日

4月14日

春になったので、山菜&お蕎麦《そば》の会を計画。

土曜日の午後、大親友のららちゃんと、ららちゃんのご両親が、自転車に乗ってやって来る。

蕗味噌《ふきみそ》、コゴミの胡桃和《あ》え、ウルイのお浸し、フキノトウとタラノ芽の天ぷら、ポテトサラダ、筍《たけのこ》と牛肉の炊き合わせ、ニシンの甘露煮、そして冷たいお蕎麦。

ペンギンが集めた選《よ》りすぐりの日本酒をちびちびと飲みながら、春の味覚に舌鼓を打つ。

こんなにリラックスした気分で料理を作れることは、実は一年に数回しかないので、私自身も思う存分料理が作れて、すごく楽しい。

大人たちが昼間から贅沢《ぜいたく》な時間を堪能している間、ららちゃんは、熱心に写真集をめくっていた。

最初はメープルソープ。

「痛そう～」「筋肉ムキムキ～」「はだかんぼうで何してるの～」と、至極まっとうな感想を述べた後は、アラーキーの写真集に移り、こっちでも、「着物からおっぱいがはみ出してる～」「恥ずかしくないの～?」と、至極まっとうな反応を見せる。

ちなみに、ららちゃんの大好きな画家はピカソで、中でも「ゲルニカ」が大のお気に入りなのだ。

お絵描きが大好きなららちゃんは、本当に、味のあるいい絵を描く。

夕方になり、少しずつ陽もかげってくる。

「じゃあ、自転車だし、暗くなる前にそろそろ帰ろうか」となった時だった。

「私、今日ここに泊まる。絶対に帰らない」いきなりららちゃんが言い出した。

今までも、お泊まりの話はちょこちょこ出ていた。

でも、直前で風邪をひいてしまったり、なかなかタイミングが合わなくて、この春休み中も実現はしていなかったのだ。

でも、昨日はそんな予定はしていなくて……。

「今度、きちんとお泊まりセットを持ってこようか」と、両親が必死に説得する。

でも、ららちゃんの意思は揺らがない。

それで急きょ、ららちゃんだけ我が家にお泊まりすることになった。

いきなりの展開に、大人達はみんなびっくり！

大慌てで、パンツを買いに行くママとパパ。

いくら慣れているとはいえ、いきなり両親と離れて大丈夫かしら？　と心配したけれど、とうの本人はけろっとしている。

ららちゃんだけうちに残っちゃって、ちょっと夢を見ている気分だった。

夜は、ららちゃんの指導のもと、紙で工作して人形を作った。

その後、一緒にお風呂に入って、軽く晩ご飯を食べて、絵本を読んで、おやすみをし……。

子どものいる家庭だったら当たり前の日常なんだろうけど、我が家はペンギンと二人だけで、子どもが泊まることは滅多にない。

滅多にないどころか、よく考えると初めてなのだ。

もう、本当に幸せだった。

ららちゃんが寝てしまってからも、なんとなくそわそわして眠れない。

こういう表現はどうかと思うけれど、子どもの頃、初めてペットが家に来た時の感じを思い出した。

嬉しくて、嬉しくて、落ち着かない感じ。

豚のぬいぐるみを抱っこしてすやすや眠るららちゃんは、本当にかわいかった。


朝は、二人で縫い物をやった。

何の変哲もない白いエコバッグの縁を、きれいな糸で縫って、さらに真ん中に、自分のイニシャルである「R」の文字まで刺繡《ししゅう》する。

針を使うなんてちょっと危ないかなぁ、と思ったけれど、すごく上手《うま》く使いこなしていた。

糸通しの使い方も一発で覚えちゃったし、子どもって、本当に飲み込みが早いなぁ。

お裁縫の後は、焼きおにぎりを食べて、公園に行って、ブランコに乗って、滑り台をやって。

思う存分、ららちゃんとの時間を楽しんだ。

できたてほやほやの『リボン』と『つばさのおくりもの』も渡せたし、私としては、こんな嬉しいことはない。

平凡な週末になるはずが、ららちゃんのおかげで、とびっきりの一日になった。

まだ、幸せの余韻が尻尾《しっぽ》のように続いている。

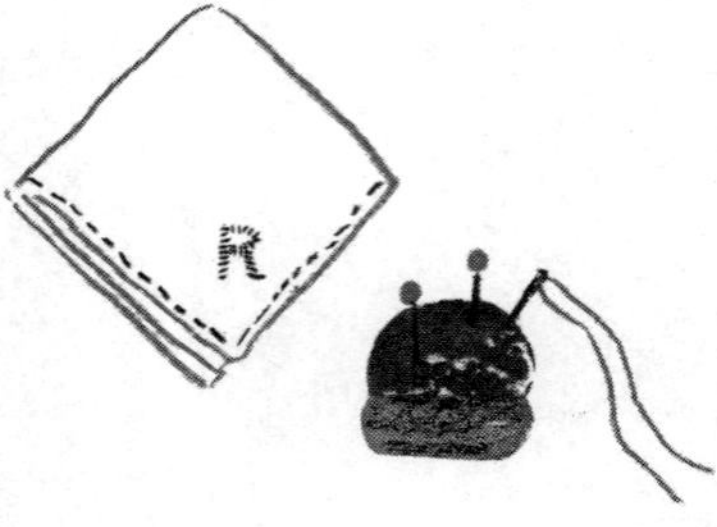

羽ばたきの練習

4月15日

今日は、書店さんへのご挨拶《あいさつ》に行ってきた。

吉祥寺に始まって、新宿、横浜、最後は東京と、計8軒の本屋さんに伺う。

お忙しいのに対応してくださって、本当にありがたかった。

どのお店でも、『リボン』を並べてくださっていた。

うれしい。

ちなみに、ほぼ同じ日に発売となった村上春樹さんの新刊は、どの書店でも「完売御礼」。

すごいなぁ。発売日には、壁一面に並んでいたのに。

私とは、クジラとプランクトンくらい、規模が違う。

それぞれの書店さんで、サイン本も書かせていただいた。

『リボン』用のハンコ、かなりいい感じになっている。

今回は、サイン会の予定がないので、サイン本は、店頭に置かれるものだけ。

縁あって手にしてくださった飼い主さんのところで、末永くかわいがってもらえますように!!!

『リボン』はもう私の手を離れたので、私は後ろ姿を見守ることしかできない。

今は、必死で羽ばたきの練習を見守っている感じ。

とにかく、上手に空を飛べるように、祈るしかない。

私のストールが

4月22日

なくなった。

忽然《こつぜん》と、姿を消した。

午後、ポプラ社でインタビューがあるので会社に伺ったところ、確かに持って出たはずのストールがなくなっている。

まだ、買ったばかりだったのに。

私的にはいいお値段だったけど、『リボン』記念だと自分を納得させ、えいやーっと気合を入れて手に入れたのだ。

百パーセントカシミアで、色はグレーに近いような淡いブルー、首に巻くと、まさに上質な泡に優しく包み込まれているような着けごこちで、これだったら夏でも重宝すると、喜んでいたところだった。

軽いし、気持ちいいし、ここ最近は、どこに行くにも一緒だった。

なのに、そんな大切なストールが、消えたのだ。

消えたというか、正確には、なくしたんだけど。

来る時に、うっかり急行に乗っているのを忘れてしまい、降りるべき駅を通り過ぎてまた一駅戻ったから、その時に慌てて落としたのだろうか？

それとも、その後タクシーに乗ったから、その時に車内に置き忘れてしまったのだろうか？

タクシーから降りる時、運転手さんが、「忘れ物しないでくださいねー」と言っていたのは、なぜかとても鮮明に覚えている。

そしてその時私が、「忘れ物なんて、しないもん」と心の中でつぶやいたのも、覚えている。

なのに……。

私がインタビューを受けている間、すぐに編集者さんがタクシー会社や、地下鉄、私鉄の窓口に、青いストールのおとしものが届いていないか、電話で聞いてくださった。
本当に、ごめんなさい、だ。
でも、どこにも見つからない。
結局、インタビューを3つ受けて、夕方になっても、行方しれずのまま。
あーあ、私ったら何やってるんだろう、と自分で自分にあきれつつ会社を出ると。

あれ？
道路の真ん中に、なんとなく生き物の死骸みたいに横たわっている物体がある。
もしやと思って目をこらすと、やっぱり私のストールだった。
容赦なく車のタイヤにひかれ、瀕死《ひんし》の状態。
車の往来が途切れた一瞬の隙を見計らい、救出に成功する。
再会をしみじみと喜びつつ、家に連れて帰ってきた。
ただ、すぐに洗濯《せんたく》したものの、小さなゴミが出るわ出るわ。
それでもう一度、お気に入りのシャンプーで優しく優しく手洗いした。
ごめんねー、ごめんねー、と謝りながら。

そして今は、極上のトリートメント液につけて休ませている。

手で撫《な》でるように洗いながら、この子も元は動物だったんだな、と思ったら、本当に申し訳ない気持ちでいっぱいになった。

タイヤに踏まれている映像を思い出すたびに、しんみりと悲しくなってしまう。

すべて、自分が悪いんだけど。

たぶん、タクシーのお金を払う時に膝の上に置いたのを、そのまま出てしまって、落としたのに気づかなかったのだろう。

運転手さんが注意を喚起《かんき》してくれたのに、私ったら。

せめて誰かがガードレールにでもひっかけておいてくれたらよかったけど、世の中そんなに甘くはなかった。

私という人間は、いつもこんなことばっかりだ。
すっごく気に入っている食器を自分の不注意で割ったり、
大好きな白いワンピースにカレーをこぼしたり、
なんで私はこんなに馬鹿なのだろう。情けないなぁ。

でも、せっかく戻ってきてくれたのだから、後生、大切にしなくっちゃ。
私のストール、踏まれても、潰《つぶ》されても、へこたれないし。
もうこれからは、絶対に目を離さない。

四国へ

4月28日

ストール事件のあったその日の夜、寝台車に飛び乗って高松に行き、船で直島《なおしま》に行ってそこに2泊。

ペンギンとアート三昧をした後、私は高松から高知に移って取材。

昨日の夜の飛行機で、東京に戻った。

気がつけば、ゴールデンウィークが始まっている。

豊島《てしま》には行ったことがあるけれど、直島は初めてだ。

なんてすてきなところなんだろう。

ベネッセのホテルもすごくよかった。

細部にまで気配りがされていて、外国からのお客さんも多いから、ふと、外国にいるような気分になる。

滞在中何度も、えーっと、日本との時差は？　なんて考えてしまった。

あんなに見事なリゾート、あったんだ！

すっかり、直島にめろめろになっている。


直島の美術館も豊島の美術館も本当に素晴らしいけれど、印象的だったのは犬《いぬ》島《じま》精錬所美術館。

犬島という小さな島にある美術館で、古い銅の精錬所跡に造られた海沿いに立つ建物だ。

ちょうど雨の日だったので人も少なく、より雰囲気が味わえた。

もともとあったものをなるべく残そうという趣旨のもとに作られた建物は見事としか言いようがなく、しびれるくらいロックで、感動した。

ほとんど廃墟《はいきょ》のように朽《く》ち果てたレンガ造りの精錬所は、本来は負の遺産のはずなのに、それが時代を経ることで、こうして新しい価値観を生み出していることが、ものすごいと思う。

立地といい、建物といい、何もかもが素晴らしい。

お天気がよければ、好きな本でも持って行って、海を見ながらぼんやり物思いにふけって、一日島で過ごすのもいい。

犬島自体も、すごく小さくて、私の理想的な島だった。

集落の外れにある石造りの神社は、大きな石の上にさらに石で作った小さな祠《ほこら》がのっかっているような形で、赤い鳥居のある立派な神社にはない、素朴な風情があって好きだった。

島の人もすごくフレンドリーで、歩いていると、作品の解説をしてくれたり、自分が育てている鯉《こい》を見せてくれたり、そういうちょっとした出会いも楽しい。

島民は、50人しかいないという。

そして、初めて行った高知は、完全にカルチャーショック。

いろんな意味で、すごすぎる。

久しぶりに、わが家の布団で寝た。

そして朝起きたら、昨日取材させていただいた高知のカフェでお土産《みやげ》に頂戴した小夏たちが、気持ちよさそうに朝の光に包まれていた。

私のゴールデンウィークは、家にこもって、仕事&読書。

みなさま、どうぞ楽しい連休を！！！

ららちゃんの日　5月7日

こどもの日、ららちゃんが遊びに来た。

この夏、今住んでいる部屋を大々的にリノベーションするので、壁を、お絵かきが大好きなららちゃんに提供する。

直島の美術館にいた時、ふと思いついたのだ。


家に来るやいなや、いきなり壁に絵を描き出したららちゃん。

最初に描いてくれたのは、鳥。

リボンだ！

ほっぺがピンク色の、かわいいリボンだった。

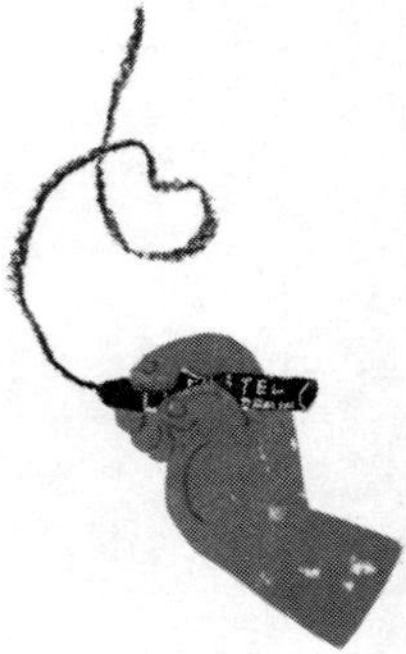

それから、あれよあれよという間に、壁が、ららちゃんの絵で埋め尽くされていく。

電車、電車にひかれそうになって悲鳴を上げているタバコをくわえたおじさん、鉢合わせした猫とネズミ、それを箒《ほうき》片手に追いかける女王様、かと思えば、上空に浮かぶ人魚姫。

途中から、ペンギンもららちゃんと一緒にお絵かき。

ららちゃんから出されたお題を、せーので描いていた。

でも、大人の描く絵はやっぱりつまらない。

「女王様」は美輪明宏になってしまうし、「かわいいおばさん」も、気持ち悪いおじさんになってしまう。

もう一面の壁には、宇宙人やロケット、UFO。

テーマを宇宙にすると、見たことのない動物や、見たことのない虫を次々と描きはじめ、想像力がどんどん羽ばたいていく。

夜は、みんなでお寿司を食べに行ったんだけど、エネルギーを使い果たしたのか、帰るなりすぐに寝てしまった。

この日も、ららちゃんだけうちにお泊まり。

そして、朝目覚めるとすぐに、また絵を描きはじめた。

昨日描いたリボンの隣に、今度はフクロウの絵を描いている。

真剣で、声もかけられなかった。

しかも、完成した絵は、ものすごく迫力があって、圧倒される。

ららちゃんはフクロウと言っていたけど、たぶん、ヨウムのヤエさんの絵だと思う。

二人は仲良しなの、と言って、間にハートマークを描いていた。

あー、楽しかった。

パパとママがお迎えに来る頃には、手も足も、すっかり汚れて。

私が子どもの頃から持っている30色入りのぺんてるのクレヨンが、かなり短くなっていた。

私がいちばん好きなのは、羊ちゃんとキウイの群れ。

太陽の下の羊ちゃんが、ものすごく幸せそう。

ここだけでも、上手に壁紙をはがして、残しておきたい。

これから2か月間、ららちゃんの絵に囲まれて生活できるなんて、なんて幸せなんだろう。

母の日で

5月12日

カーネーションをもらっちゃった。

くれたのは、ららちゃん。

いつもお母さんみたいにいろんなことをしてくれるから、そのお礼だという。

まさか、自分が母の日にカーネーションを贈られるとは夢にも思っていなかったので、とても嬉しい。

そして、なんだかちょっと、照れくさい。

世の中のお母さん達は、今日、一年分のご褒美をもらっているのだろうな。

この間ららちゃんがお泊まりに来た時に、わが家にいたぶーぶー君とめーめーちゃん（豚と羊のぬいぐるみ）が、今度はららちゃんに連れられてららちゃんちに遊びに行った。

そしたら、お手紙といっしょに、ららちゃんが二人（？）をだっこして、眠っている写真も送ってくれた。

「まい日いっしょにねていますzzz」とのこと。

ちゃんと、面倒を見てくれているらしい。

ぶーぶーとめーめーには、クリスとポワレという、新しいお友達もできたとか。

さっき、お礼の電話をかけたら、ららちゃんが、ちょっと待ってて、と言って、ぶーぶーと代わってくれた。

「ららちゃんと、仲良くしてる？」と尋ねたら、とっても低い声で、

「とっても楽しいよ」とのこと。

私も、ららちゃんくらいの時、ぬいぐるみと遊ぶのが好きだったなぁ。

この間描いた壁画がまだ途中のところがあるので、ちゃんと完成させに、またお泊まりに来るという。

もう、パジャマもパンツもわが家にあるから、いつでもどうぞ！　って感じ。

ららちゃんと過ごす時間は、なんでこんなにも幸せなんだろう。

お茶会のお知らせ

5月17日

お知らせです。

急に決まったことなのですが、今月30日（木）、下北沢にある小さな本屋さん、B&Bで、『リボン』と『つばさのおくりもの』の刊行を記念し、夜のお茶会を開くことになりました！

夜7時からのスタートで、サイン会つきです。

お話のお相手をしてくださるのは、雑誌『ソトコト』編集長の指出《さしで》一正《かずまさ》さんです。

少人数の、とても小さなお茶会です。

お飲物片手に、ゆったりとくつろいでいただけますと幸いです。

ぜひ、いらしてください。

お待ちしております！

それと、おまけのお知らせでもうひとつご報告が。

『AERA』、創刊25周年記念号の「はたらく夫婦カンケイ」のページで、ペンギンと一緒にインタビューを受けました。

撮影は、キッチンミノルさん。

そういえば、先日の高知取材で、なぜか、指出さんとキッチンさんに、それぞれ別の所で、ばったりお会いしたのだった。

なんとなく、不思議な縁を感じてしまう。

ではでは。

30日お会いできるのを楽しみにしております！！！

嵐のお茶会

5月31日

昨日は、あいにくの空模様。

しかも、夕方、小田急線で人身事故があったらしく、電車の運行が大幅に乱れていたらしい。

そんな嵐のような状況なので心配だったのだけど、会場には、本当にたくさんの方が集まってくださった。

こういう形で読者の方と対面するのは、本当に初めてのこと。

人前に出るのが苦手、しかも話すとすぐに緊張してしまうから、前日からドキドキだった。

気合を入れようと着物に袖を通してみたものの、始まる前はやっぱり緊張した。

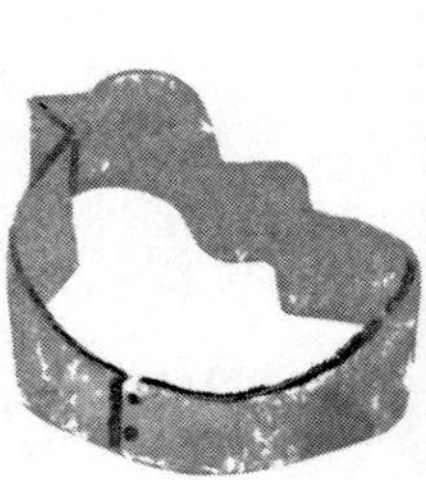

でも、お相手をしてくださった『ソトコト』編集長の指出さんが、本当に優しくリードしてくださったので、私自身もリラックスして、心から楽しむことができた。

何かメッセージを書いていただけたらと思い、ノートを回してもらったのだけど、皆さん、本当にじっくりとたくさんのことを書いてくださり、うれしかった。昨日読んでしまうともったいないので、朝が来るのを待って、さっき読んだところ。

うれしい。

おひとりおひとりからの励ましの言葉が、これから私が物語を書く時の、大きな大きなエネルギーになる。

ノートいっぱいに、ほかほかのご飯をいただいたような気分だ。

辛いなぁと思ったら、すぐにこのノートのページをめくって、心の糧《かて》にしよう。

でも、時間内に全然最後の方までノートが回らなかったのが、ちょっと残念。

一冊だけじゃなくて、もっと他にもノートを用意しておけばよかったな、と反省する。

昨日は、「夜のお茶会」という企画だったので、何かちょっとしたお茶菓子を皆様にプレゼントしたいなと思い、私の大大大大好きな焼き菓子やさん、「ル・プティ・ポワソン」の小林良《まこと》パティシエに、急きょ、特別にクッキーを焼いていただいた。

鳥（水鳥かな）の型は、私が持参したもの。

本当にかわいく三羽ずつ袋に詰めてくださって、見ているだけで幸せになる。

彼女の作る焼き菓子は本当に本当においしくて、私としては、ル・プティ・ポワソンのケーキ以外は食べなくていいや、と思っているくらいだ。

執筆の時は、朝、お茶を飲んで、仕事中におなかがすくと、彼女の作るチョコサブレを、いつも食べている。

『リボン』を書いたり編集したりしている間も、ずっとチョコサブレにお世話になった。

もちろん今もうちにあって、必ず常備してある。

シュークリームも絶品だし、昨日、お茶会に出かける前に食べていったチョコレートケーキも、やっぱりしみじみとおいしかった。

だから、私の大好きな味を昨日来てくださったお客様にも味わっていただくことができて、本当にうれしい。

お土産にされた方も多かったようだけど、もう、皆さん召し上がったかしら？

私は今、なんだかとっても幸せな温かい余韻に包まれている。

そして、このような素敵な機会を与えてくださった、下北沢の本屋さん、B&Bさんに、心から感謝を申し上げます！

本当にいい本屋さんなので、今度私もお客としてお邪魔させていただこうと思います。

昨日会場にお越しくださった皆様、そしてこのような場を設けて準備してくださった皆様、本当にありがとうございました！！！！！

不妊治療を、

6月2日

やってみた。

ものすご〜く子どもを望んでいたかというと、そんなことはない。

でも、自分の年齢のことを考えると、もうそろそろ最後のチャンスかと思ったのだ。

今までずっと、不妊治療の扉は鉄のように重たく感じて、なかなか最初の一歩を踏み出せなかった。

だから、何か背中を押されるようなきっかけがないと、その世界に入れない。

私の場合は、今年の初め頃に、友人とそういうことを話したのがきっかけだった。

そして、えいやー！　って思いっきり勇気を振り絞って開けたはずのクリニックの扉は、思いのほか軽くて、まるで歯医者さんに行くのと変わらなかった。

私よりずっと若いであろう人達が大勢訪れているし、なんだかちょっと、拍子抜けした感じ。

診察の結果、顕微授精（もっとも高度な生殖医療）しか道がないことがわかり、その治療を、『リボン』の刊行を待ってスタートした。

薬を飲んだり、注射をうったり、大っ嫌いな採血も頻繁にやった。

一日3回定期的に鼻に点鼻薬をスプレーしなくちゃいけなかったり、何かと大変だった。

時には、インタビューとインタビューの間にスプレーしたり、クリニックに通うスケジュールに合わせて、予定を立てたり、ハラハラすることの連続だった。

でも、私の場合はまだましだったと思う。フリーだし、基本的には家でやる仕事だから。

これを、会社で働きながらやるのは、かなり、しんどいはず。

痛いとか、気持ち悪いとか、ふだん味わわない不快感を味わうことも少なくなかったけど、でも未知の世界を旅しているような、そんな新鮮な驚きがあったし、クリニックの先生も看護師さん達もすごく感じがよくて、全体を俯瞰《ふかん》すれば楽しい時間だった。

採卵の手術をし、受精卵を戻したのが5月18日。

結果がわかったのは、夜のお茶会の前日だった。

なんとなく、そんな予感がしていたので、先生から「残念ながら……」と言われた時は、あぁ、やっぱり、と冷静に思った。

もちろん、精神的にも肉体的にも経済的にも負担は大きかったから、うまくいってほしいという気持ちはあったものの、結果自体には妙にすとんと納得した。

そして、この先自分がどう生きたいのかを、真剣に考えた。

たぶん私は、子どもが欲しかったわけではなく、確認というか、納得が欲しかったんだと思う。

否が応にも、今の私の世代は、大きな決断を迫られる。

「Y」の字みたいに、右の道に進むのか、それとも左の道に進むのか。

私は、それを決めるのをずっと保留にして、目をつぶっていたような気がする。

でも、「残念ながら……」と言われた時に、なんていうか、「子どもは物語だけで十分なんじゃないの」と、物語の神様にそっと囁《ささや》かれたような気がして、それだったら、自分は物語の肝《きも》っ玉かーさんになればいいや、と、ものすごくすがすがしい気持ちでそう思えたのだ。

だから今、心の中は晴れ晴れしていて、急に見通しがよくなったように感じている。

それに、今回心のすみずみまでじっくりのぞき込んで考えたのだけど、私は、血のつながった「わが子」にこだわりはないのだ。

それよりも、自分の身近なところで育てたり、慈しんだり、そういうことがしたい。

世の中には、悲しいけれど、実の親との縁に恵まれない子どももいる。

特別養子縁組には前々から興味があるし、里子を預かったり、そういう選択肢もたくさんあって、自分自身の境遇を踏まえれば、むしろ、その方が「使命」じゃないかと思えるのだ。

そして、そういう気持ちを確認できたのも、やっぱり不妊治療をやったから。

だから、今回のトライは、決して無駄じゃないというか、大きな意味があったと思う。

なんていうか、通過儀礼というか、ポン！　と、スタンプをもらったような感じ。

凍らせてある受精卵をこの先どうするかはまだ決めていないけれど、今回のことで、だいぶ気持ちがスッキリした。

だから、本当にやってよかった！！！

それにしても、不妊治療に取り組む人の、なんと多いこと。

妊娠してからのケアはだいぶ整ってきたようだけど、そこに至るまでの支援とか、もっともっと考えなくちゃ、少子化の問題なんかも解決できないだろうと実感した。

（もし今、こういうことで迷っている方がいたら、その参考になればと思い、私の体験談を書いてみました。）

新生活

6月4日

そんなこんなで、今年は、ベルリン行きの手配が間に合わず、4年ぶりに、夏を日本で過ごすことにした。

暑さを想像するとかなり怖気《おじけ》づいてしまうけれど、みんな我慢して夏を乗り越えているのだから、私もがんばるしかない。

ただ、仕事部屋やキッチンをリフォームする関係で、どうしても部屋を空っぽにする必要がある。

ということで、今年の夏は鎌倉で過ごすことにした。

昨日バタバタと引っ越しを済ませ、今はもう鎌倉にいる。

ベルリンやバンクーバーといった海外の都市に短期滞在したことはあるけれど、

日本国内で、生まれたところと東京以外に居を構えるのは初めてだから、すごく新鮮だ。

不妊治療でかなり無理をさせ、それまでバランスを保っていた体が乱れているはずだから、鎌倉でじっくりとねぎらってあげたい。

ペンギンは東京で仕事が残っているので、私は鎌倉で一人暮らし。

ここは、東京の住環境よりも圧倒的に緑が多くて、ものすごーく気持ちがいい。

昨日は、引っ越しの手伝いに来てくれたペンギンと、夜、八幡《はちまん》様の近くのお店でお蕎麦を食べてバイバイし、それから一人、夜道を歩いて帰ってきた。

私が選んだのは、駅から離れた、山の方の家。

近くに小さい川が流れているので、その川沿いを少し緊張しながら歩いた。

すると、ところどころに、人が集まっている。

なんだろうと思ったら、ホタルだった。

ふわぁり、ふわぁり、緑色のかすかな光を放ちながら飛んでいる。

幻想的だった。

そして、たったひとつの小さな光を、大勢の人間が集まってそっと見ていることが、なんだか素敵だなぁと思った。

鎌倉を選んで、大正解だ。

橋の上から見たら、もっとたくさんのホタルがいて、しばらく佇《たたず》み、近所の人達と一緒に、ホタルの舞いに見とれた。

ここには、昼と夜の境界線がしっかりあって、夜は、きちんと真っ暗になる。

そして、朝は方々から鳥の声が響いてきて、賑やかだ。

目の前に大家《おおや》さんが所有するという小高い山があり、そこから、次々とかわいらしい声が届く。

今も、まるで歌声コンテストだ。

鎌倉での新しい暮らし。

なかなか幸先《さいさき》がいいみたい。

キャンプ

6月5日

テレビね、ケータイね、ラジオね、電子レンジね、ね、ね、ね、(ちなみに「ね」は、東北でよく使われる「否定」の意味)とにかく、ないものづくしの新生活。

なるべく荷物を移動させたくなかったので、必要最小限のものしか持ってこなかった。

だから、まるでキャンプのような生活なのだ。

輪ゴムいっこ、ビニール一枚、紙袋ひとつが貴重になる。

今日気づいたのだけど、私は、包丁も持ってくるのを忘れていた。

さすがにこれだけはないと困るので取りに戻る予定だけど、なければないで、手でちぎったり、バターナイフで代用したり、なんとかなるものだ。

ふだんの暮らしが、いかに多くのモノで溢《あふ》れていることか、如実にわかる。

それにしても、この家はすごく気持ちがいい。

窓がたくさんあるので、風が優しく吹き抜けて行く。

朝起きて、窓を開けるのがすごく楽しみだ。

そして、視界のどこを見ても必ず緑が目に飛び込んでくるのが、こんなに落ち着くなんて知らなかった。

夜は夜で、屋上《おくじょう》に出ると、満天の星が広がっている。

人里離れたところにぽつんと家があるわけではないから怖くないし、ここは、私にとって理想的な環境かもしれない。

ただ、ずっとひとりでいるのも不健全なので、一日に一食は外に出て、誰かが作ってくれたものをいただいたり、それが難しい時は、せめて午後、カフェに行ってお茶やコーヒーを飲んだりしようと思う。

鎌倉にはいっぱいお店があるので、そういう意味では、ベルリンにいるのと変わらない。

でも、ベルリンと違うのは、ふつうに日本語が通じること。

それって、とってもありがたいことだ。


昨日は、駅のそばのベトナム料理屋さんのテラス席で、冷たい白ワインを飲みながら、焼きそばを食べてきた。

今日は、ビールを冷やしてあるので、これから散歩に行って、帰りに評判のハム屋さんからソーセージでも買ってきて、家で、ひとりジャーマンナイトをするつもり。

もう、かれこれ20年近くペンギンと一緒にいるので、こういう時間の過ごし方は、学生時代に戻ったみたいで、かなりワクワクする。

昨日も、夕暮れの空を眺めながら、何度も、「幸せだなぁ」としみじみ思った。

でも、どうやらペンギンは、ひとりで淋しいらしい。

私は、こんなに楽しいのに!!!

あ、でもいっこだけ、『あまちゃん』を見られないのが、残念だけど。

ご近所さん

6月7日

朝起きて、椅子に座ってお茶を飲んでいると、必ず、お向かいさんが2階の雨戸を開けにくる。

目があったので、思い切って、おはようございます、と声をかけたら、向こうもニコッと微笑《ほほえ》まれた。

鎌倉に越してきて5日、こちらでの生活にも、だいぶ慣れてきた。

東京には東京の時間が流れているように、鎌倉には鎌倉の時間が流れている。

もうそろそろ、鎌倉時間の時間割が完成する。

朝起きたら、まずは窓を開け放つ。

顔を洗っている間にお湯を沸かし、お茶をいれている間に、軽く床を水拭《みずぶ》きす

る。
1階と2階を、一日ずつ交互に。
床はすべて無垢《むく》の板なので、雑巾《ぞうきん》をかけると気持ちいいのだ。
ホウキではくこともせず、ただ拭くだけでさっぱりする。
洗濯機を回している間に、お茶を飲んで一休み。
(お向かいさんと顔を合わせるのは、この時だ。)
お茶を飲んだら、ゴミを出しに行く。
いつでも好きな時に出しに行ける東京のマンション暮らしとは勝手が違う。
曜日ごとに決められたゴミを、その日の朝、出しに行くのだ。
洗濯ができたら、屋上に干しに行く。
日差しが強いので、数時間で気持ちよく乾いてくれる。
一通り家事が済んだら、一階に移動して仕事。
ようやくこちらも、軌道にのってきた。
お昼は簡単なものを作って食べ、午後は読書をしたりして、のんびり過ごす。
さっき、りんごを持ってお向かいさんに挨拶に行ってきた。

大家さんとお隣さんには初日にご挨拶に伺ったけど、お向かいさんにはまだ伺ってなかったので。

ちなみにりんごは、きのう、ノンノンねーさんに車で横浜にあるコストコに連れて行ってもらい、その時に買ったもの。

朝、ジュースにして飲んでみたら、季節外れのなのに甘くておいしかった。

近所には、すてきなギャラリーカフェもあり、そこの店主もとっても感じのいい方だった。

ちょっとずつ、ご近所さんと仲良くなれるのが、うれしい。

一日一回、『あまちゃん』だけでいいから、いっしょにテレビを見せてくれる親切なご近所さんが現れないかしら？　なんて、ひそかに、そんなことまで目論《もくろ》んでいる。

夕方になると、どこからともなく、コンコンコンコンと、包丁で何かを刻む音が聞こえてくる。

それが聞こえたら、私はお散歩へ。

今日は、近くのお寺に行く予定だ。

そして、帰りにハリネズミを買ってくる。
ハリネズミと言っても、チョコレートのかかったケーキだけど。
近所においしそうな洋菓子店があり、ずっと、狙っているのだ。
ここには、ご近所付き合いがあって、ホッとする。
夜は、ご近所さんと川べりでホタルでも鑑賞しよう。

はじめての日曜日

6月9日

早起きして、近所のお寺の座禅会に参加した。
袴《はかま》をお借りし、かなり本格的だった。
もう何年も通われている、ベテランの方たちもたくさんいらっしゃる。
座禅のあとは、お経を読み上げ、最後はお粥《かゆ》をいただいた。
典座さんが時間をかけて炊いてくれたお粥には、梅干しがひとつだけのってい
て、しみじみとおいしい。
ただ、物音を立てず、なるべく早く食べなくちゃいけない。
ベテランの方たちは、本当に吸うようにお粥をかきこんでいた。
見事な早業だ。

できることなら、もっとじっくり味わいたかったけれど、それも修行のひとつだから、仕方ない。

同じように、庭の中を歩く修行というのもあったのだけど、とにかく前の人と間が空いてしまうと怒られるので、ついて行くのに必死だった。

お庭も、もっとじっくり見たかったな。

でも、やっている間や終わってからの爽快感といったら、もう!

写経もやっているので、今度は写経にも挑戦するつもり。

せっかく鎌倉に住んでいるのだから、その土地ならではのことを、たくさんやりたい。

それにしても、一人暮らしだから、もっとのんびりできるかと思っていたら、逆だった。

全部家事を一人でしなくちゃいけないので、家の中でも何かと忙しくてバタバタしている。

帰ってから、慌てて洗濯物を干した。

今日は、骨董市《こっとういち》もあるので、軽くお昼を食べてから、いそいそとお出かけ。

お財布のひもは、ぎゅっとしめているつもりだったけど、見るとついつい買ってしまう。

今日見つけたのは、江戸時代の器。

素朴な豆皿ふたつと、元禄《げんろく》時代の白磁《はくじ》。

柿右衛門《かきえもん》だという。

壊れているのでお安かったけれど、もしもこれが完璧な品物だったら、絶対に買えなかった。

お香立てに使おうかなといったら、お店の人が、それはもったいない、と。

何に使うかは、これから考える。

そして今日は、由比《ゆい》ヶ浜《がはま》通りで、ブックカーニバルが開かれている。

3時に、鎌倉山在住のIさんご夫妻と待ち合わせをし、ぶーらぶら。

夕方別れて、今日もノンノンのところでいっしょにご飯を食べて帰ってきた。

夜の八幡様って、とってもきれいだ。

鎌倉で過ごす初めての日曜日は、盛りだくさんの一日だった。

明日で、引っ越しからちょうど一週間だ。

公衆電話

6月12日

東京の方の家には固定電話があったので何不自由なく連絡が取れたけれど、鎌倉の家には、それもない。

今は、ケータイも固定電話も両方ない生活だ。

それで頻繁にお世話になっているのが、公衆電話。

越してきたばかりの時も、まず初めに、近所に公衆電話があるかどうかを確認した。

いざという時、ないと困るから。

気をつけて観察していると、鎌倉には、結構、公衆電話がある。

だいたい、神社の門前には、必ずと言っていいほど、公衆電話があるのだ。

ご多分にもれず、わが家の最寄の神社の前にも、公衆電話があった。

お店の予約や仕事の連絡事項など、必ず、一日に一回は、公衆電話のドアを開ける。

公衆電話の理想は、ちゃんとガラスの箱に囲われていることで、私が愛用しているところも、そうなっている。

嫌な臭いもこもっていなくて、公衆電話としてはかなり上出来だ。

いい電話ボックスが近くにあって、ラッキーだった。

でも、「電話ボックス」って言葉自体、もう死語になりつつあるのかな。

電話ボックスに行く時は、テレホンカードを束にして持って行く。

でも、行くたびに思うのだけど、たぶん、この公衆電話、私しか使っていない。

贅沢にも、自分専用の公衆電話だ。

せっかくだから、きれいに掃除をして、花でも一輪、飾っておこうかしら、なんて考えている。

私は持っていないからよくわからないけれど、公衆電話からケータイ電話にかけると、どうやら相手には、「公衆電話」と表示が出るらしい。

だから以前は、公衆電話から電話をかけると、なかなか相手に出てもらえなかった。

メッセージを残して後で聞けば私からだとわかるけれど、その時はもう、相手が折り返すことはできない。

私が一方的にメッセージを伝えるだけの、片側通行になりがちだった。

ただ、最近は公衆電話から知り合いに電話をかけると、一発で出てくれるようになってきた。

公衆電話から電話をする人間などめったにいないから、すぐに、私からだとピンとくるらしいのだ。

ってことは、私は苗字が「公衆」で、名前が「電話」ってこと？

でも、すぐに出てもらえるようになり、何かと助かっている。

だけど今、困ったことがひとつ。

鎌倉在住のノンノンと、連絡を取るのが難しいのだ。

だって、私はメールはできるけど電話はなく、向こうは、電話はあるけどメールはしない、という状況。

もう、ちょっとした用事を伝えるのも、大変！

伝書鳩か、糸電話か。

そんなアナログな伝達方法を、真剣に考えてしまう。

ただ今、なんとかならないかを必死に模索中だ。

今日みたいに雨の日だと、公衆電話から足が遠のく。

それで、ふとひらめいて、ペンギンを遠隔操作で使うことにした。

ペンギンとだけは、インターネット電話で、いつでも連絡が取れる状態にしてある。

こんなふうにして、固定電話もケータイもない生活だけど、なんとかなることを証明しようと思って。

でも、周りの人には大いにご迷惑をかけている。

梅干し作り

6月18日

今日も小鳥たちが賑やかだ。

聞いていると、一羽、みんなにお手本を示すように鳴く、ものすごく上手なウグイスがいる。

まさしく、ウグイス嬢だ。

ウグイス嬢の声は、はっきりとわかるようになった。

実は、今も裏山で鳴いている。

他にも、なんていう名前かわからないけれど、口笛みたいな、とってもかわいい鳴き方をする鳥もいる。

雨が降ると、みんなしーんと静かになるのだけど、もうすぐ雨が上がるよ、って頃になると、みんな、待ちきれないといった様子で、鳴き始めるのだ。

だから、天気予報なんか見なくても、雨が上がるのはわかるようになった。


週末は、ペンギンも含め、お客様がたくさんいらした。

ららちゃん一家も来てくれたので、みんなでイタリア料理のランチを食べ、お散歩がてら近所のお寺に行ってきた。

ここからだと、東西南北、どっちに歩いても、いいお寺がある。

紫陽花《あじさい》が、見事だ。

昨日はペンギンのお誕生日だったので、ペンギンは、初めて鎌倉にお泊まり。

お昼は穴子丼でお祝いし、いそいそ、東京へ。

鎌倉に一泊したことで、私が東京へ行くのを渋る理由がわかったらしい。

この景色と空気とおいしいものを味わってしまったら、なかなか東京には戻れない。


今日は、梅干し用の梅を漬けた。

本当は、お寺での坐禅の会の時いただいた、朝粥に入っていた小さい梅で漬けようと思っていたのだけど、紀ノ国屋さんに行ったら、立派な南高梅しか売っていなかった。

それで、今年は試しに2キロだけ。

いつも、保存食を作りすぎて、ペンギンに渋い顔をされるので。

だから今、我が家にはすご〜くいい香りが漂っている。

ここ3年ほど、夏は海外に行っていたので、梅干しを漬けるのは、数年ぶりだ。

こういう夏の迎え方もいいものだなぁ、と改めて思った。

今日はこれから、ノンノンと合流して、葉山までお茶。

そのあと、プールに行ってひと泳ぎする予定。

夏が、ぐんぐん近づいている。

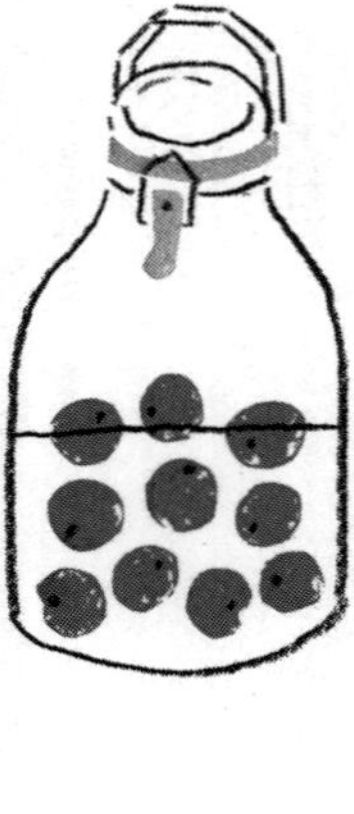

フルーツサンド

6月20日

今日も鎌倉は雨。

でも、雨が降ると紫陽花がより美しく見える。

そういえば、明日の『グレーテルのかまど』（NHK Eテレ）で、『食堂かたつむり』に登場するフルーツサンドが取り上げられるんだっけ。

この番組は、好きで、時々見ていたので、うれしい。

インタビューの時にいただいた、オカズデザインさん特製フルーツサンド、おいしかったなぁ。

実をいうと、あのシーンに出てくる倫子《りんこ》が作るフルーツサンド、あれは私の頭の中の想像だけで書いたもの。

だから、実際はどんな味なのか、ずっと知らなかった。
その、空想だった味と、初めてご対面したというわけだ。
もう明日だけど、ぜひご覧くださいませ。
私はテレビがないから見られないけど。

ベルソーへ

6月24日

週末、1泊で滋賀のベルソーに行ってきた。

ベルソーに伺ったのは、5年前の10月16日、『ソトコト』の取材でだった。

ベルソーは、一日一組でお客様をもてなす、レストラン。

シェフの松田さんが料理を作り、奥様である美穂子さんがソムリエとして、二人三脚でお店をされていた。

松田さんとお会いしたのは、その一回きりだ。

けれど、決して多くを語らないにもかかわらず、松田さんの言葉は、いつまでもじんわりと胸に残った。

すべてが、松田さんの中で、吟味され、吟味され、吟味されて発せられた、真実の言葉だったからだと思う。

その時は理解できなくても、あとから、そっか、松田さんはあの時、こういうことを伝えようとしてくれていたのだな、と気づかされることがいくつもあり、知らずしらず、私は　松田さんから影響を受けていたように思う。

その松田さんは、震災のあった年の8月、51歳でその生涯を閉じられた。

香典返しには、松田さんを取材させていただいた時の原稿ものっている、『ようこそ、ちきゅう食堂へ』を配ってくださったそうだ。

一度しかお会いしたことはないけれど、松田さんの死は、ずしんと、心に響いた。

その年は、他にも知り合いが亡くなって、震災もあり、なんだかお別れの多い年だった。

松田さんのことは、ずっと気になっていた。

ただ、美穂子さんにお手紙を書こう、書こうと思いつつも、ずっと書けないいまだった。

この春、『リボン』ができた時に、ふと、美穂子さんにも読んでいただきたいなぁと思って、本をお送りしたのだ。

そうしたら、美穂子さんからすぐにお電話をいただいた。

美穂子さんも、ずっと私に会いたかったという。

それで、思い切って再びベルソーを訪ねたというわけだ。

前置きが長くなってしまったけど、とにかく、美穂子さんによる新生ベルソーもまた、天国の松田さんが嫉妬《しっと》するくらい、素晴らしかった！

なんと美穂子さん、松田さんが亡くなって10日後には、お店を再開されたそうだ。

そして、導かれるまま、北海道の一流フレンチの厨房で働く機会を得たり、はたまたフランスへ食の巡礼に行ったりと、腕を磨かれている。

美穂子さんの笑顔が、素敵だった。

今は、お嬢様と一緒に、お二人でベルソーを守っている。

きっと松田さんが、いつも二人を見守っているんだろうな。

おいしい料理においしいお酒を飲みながら、松田さんのことをたくさん話した。

何回も泣きそうになったけれど、決して悲しいことではないのだから、我慢して泣かなかった。

もう、一年分を一晩で笑った感じ。

あっという間に時間が過ぎていて、気がついたら夜中の2時半だった。

女子会の勢いが、止まらなくなっていた。

翌朝、松田さんのことを思い出し、布団の中で少しだけ泣いた。

そのまま目が覚めたので、松田さんの見ていた景色を見たくなり、ひとりで近所を散歩する。

細い道をどんどん歩いて行ったら、小さな神社にたどり着いた。

そこに、ひとりのおばあさんがいた。

おばあさんは、地面にひれ伏すような恰好《かっこう》で、草むしりをしている。

その姿があまりに神々しくて、しばらく後方のベンチに座って眺めていた。

周囲を木々に囲われた、気持ちのいい神社だった。

すると、草むしりを終えたおばあさんが、私の方へやってきた。

毎日やっているのかと尋ねると、そうだと言う。

「手も動くし、足も動くし、目も見えるし。ちょいちょいやってれば、いっつもきれいやわ」

おばあさんは、土地の言葉で、そんなことをおっしゃった。

80年、ずっとこの土地に住んでいるという。

「今はな、地震だ原発だって、怖いやろ。天候も、世界中でおかしゅうなってるやろ。

そやけどここは、大雨が降っても、川が氾濫《はんらん》せんの。ありがたいやろ。

そやからな、お宮さんに恩返しせんとと思うて」

その時は、お財布もノートも、何も持っていなかった。

でもできるなら、おばあさんの言葉を、一言一句、テープレコーダーに録音したいほどだった。

「おうちも、体に気ぃつけて、がんばってな」

そう言うと、おばあさんは家に帰って行った。

帰り道に、多分これは、松田さんが私にあのおばあさんと会わせたかったのだろうと思った。

そして、おばあさんの最後の言葉は、松田さんからの言葉でもあるんじゃないかと。

ベルソーに戻ってそのことをお嬢さんに話したら、その神社は、松田さんも、よく行ってお参りしていたのだという。

そんなことを体験した、一泊二日の旅行だった。

今回のベルソーのことは、この夏、幻冬舎文庫から出る私のエッセイ集、『海へ、山へ、森へ、町へ』のあとがきに、詳しく書いた。

ベルソーを一言で表すなら、「聖地」だ。

松田さんにとって、ベルソーはきっと、世界一素晴らしい聖地だったのだと思う。

そして私にとっても、ベルソーは聖地だ。

ただいま！

6月29日

3泊4日で、東京に行ってきた。

行く日の朝は犬の糞《ふん》を踏んでしまうし、東京駅では、エスカレーターに乗っていたらおじさんが倒れこんでくるし、その後は電車を間違って乗ってしまうし、悲惨《ひさん》だった。

しかも、きわめつきは、ペンギンと大げんか。

もう、その日のうちに鎌倉に帰ろうと思って横須賀線に乗ったんだけど、途中で、「まてよ、結局今帰っても、のちのち大変になるのは自分だな」と気づき、引き返した。

もう、涙、涙の連続。

いいことなんて、ほとんどなかった。

広告はうるさいし、夜なのに明るいし、すっかり東京の暮らしに面食らってしまう。

ほんの一月前まで、自分が東京に暮らしていたなんて、信じられない。

東京にいると、勘が鈍るし、失うものもすごく多いと実感した。

ペンギンには申し訳ないけど、とにかく、一秒でも早く、鎌倉に戻りたかった。

先週、ベルソーに行った時もそうだったけど、鎌倉の駅に降り立った瞬間、ホッとする。

そして、バスに乗って、家のところまで来て、裏の山を見た瞬間、ただいま！と大声で叫びたくなる。

帰るなり、家中の窓を開けて、空気を入れ替えた。

夕方、屋上に出て、一杯。

山からのホーホケキョを聞くと、みるみる心が解放される。

まだ一か月しか経っていないけれど、私の帰る場所は、鎌倉になったんだと思った。

屋上はめちゃくちゃ気持ちよくて、天気のよい日は、決まって屋上ひとり宴会だ。

週末の今日は、東京から、みっちゃんが遊びに来てくれた。

みっちゃんは、みつこじの名前で、ジャムを作っている。

今日は、旦那さんが子どもの面倒を見てくれているとのこと。

おかーさんでも、たまにはこういう息抜きがないと、続かない。

久しぶりに、ゆっくり話せて、楽しかった。

そして、明日はカメラマンのトリスさんがいらっしゃる。

朝から、一緒に座禅&写経の予定。

今日の鎌倉は、暑いんだけど、木陰に入ると涼しげな風が吹いて気持ちよかった。

明日も、すてきな一日を過ごせますように！

屋上宴会　7月2日

今日の朝は、あまりにきれいで、しばしぼーっと見惚れていた。
澄んだ青空が、すごくすごく気持ちよかった。
一日中、爽やかな風が吹いていた。
こんな日は、屋上に行って一杯やるのが日課になった。
目の前にある山を見ながら、ビールを飲んだり、日本酒を飲んだり。
椅子は、ベトナムの習慣を真似して、お風呂椅子だ。
これなら、濡れても平気。
特に気取ったおつまみなど何もなくても、外でいただくだけで、気持ちが晴れる。

山の所々に、ユリの花が咲いている。
夕暮れ時は、鳥たちが寝床に帰ってくる。
高い空を悠然《ゆうぜん》と飛んでいるのはトンビだ。
カラスは、もっとせわしなく飛ぶから、すぐにわかる。
ひとりだと思っていたら、最近、仲間がいることに気づいた。
とっても小さなカマキリだ。
握手しようと思って指を出すのだけど、逃げられてしまう。
でも、屋上からはいなくならない。
こうして、夕暮れ時を屋上で過ごし、一日を終える。
あとは、まっ暗な夜が来るだけ。
初めの頃は怖かったけれど、屋上から見上げる星空は、最高だ。
最初は夜の暗さに驚いたけれど、今は逆に、夜が真っ暗にならないと落ち着かない。
闇のお布団を、しっかりとかけて眠っている。
なんでもないことなのに、屋上宴会って、なんでこんなに楽しいのだろう。

晴れていると、ついつい、今日はどんな宴会にしようかと考えてしまう。
明日で、鎌倉に越してからちょうど一月。
人や町の空気感がベルリンに似ているのは、気のせいではないかもしれない。

サティとウグイス嬢

7月9日

鎌倉に暮らすまで、ウグイスが春以外の季節にも鳴いているなんて、知らなかった。
もう、うちの周りでは、本当に年中鳴いている。
そして、たくさんいるから、声を比較することもできる。
下手な子は、ホーケケケになってしまう。音程が外れ、締まりがない。
それに較べると、上手な子は本当にお見事！
聞いているだけでうっとりし、気持ちが晴れるし、思わず、拍手を送りたくなる。
中でも、ウグイス嬢と呼んでいる、とびきり上手な一羽がいる。

ところで、この週末から、ペンギンも鎌倉入りし、晴れて二人暮らしに戻った。

ちょうどペンギンが鎌倉に来た日から暑くなったので、まるで暑さと共にやって来たよう。

でも多分、東京の暑さとは質が違う。

そのペンギンと、昨日の夕方、たそがれビールを飲んでいた時のこと。

サティの音楽をかけたところ、曲に合わせてウグイス嬢が鳴いたのである。

タイミングといい音程といい、ピッタリ。

最初は偶然かと思って聞いていたのだけど、次のタイミングでも、また次のタイミングでも、ここしかない！　と思える間合いで、美声をあげる。

まるで、サティの曲をきちんと聞いて、合わせているみたい。

ピアノの曲調が弱まれば、ウグイス嬢も控えめにホーホケキョ。

力強く弾くところでは、ウグイス嬢も堂々とホーホケキョ。

見事な合唱だった。

ウグイス嬢は、だんだん遠ざかっていって、その曲が終わる頃には山の奥の方に引っ込んだようだ。

あの曲が好きだったのかな？
とにかく、ありえないくらいのコラボレーションだったのだ。
あんなことって、あるんだなぁ。
それにしても、暑い。
暑くても、風が吹くのでなんとかやり過ごせてはいるけれど。
今日はこれから、葉山の海の家へ行く予定。
久しぶりの、日本の夏を味わっている。

いきもの

7月21日

一週間ほど前の夜。

先に布団で休んでいたら、いきなりペンギンが叫んだ。

何かと思って飛び起きると、網戸を閉めようとした際に、ヤモリがするするする、と家の中に入り込んでしまったのだという。

すっかり怯《おび》えて慌てふためいているペンギン。

「どうしよう？」と言うので、「そのまま寝て」と冷たくあしらった。

鎌倉は、いきものがいっぱいいる。

この間ポストに入っていた市からのお便りには、蜂に気をつけましょう、と出ていた。

種類によって、市が駆除してくれる場合と、自力でなんとかしないといけない場合があるらしい。

自力でなんとかする際の、駆除の仕方が詳しくのっていた。

確かに、いかにも凶暴そうな蜂が、ぶんぶん飛んでいるのを結構見かける。

蜂以外にも、クモ（しかも、わが家に出没するのは、かなり大きい）、ムカデ（こちらはまだ家では一匹しか会ったことがないけれど、これもかなり強烈）、トンビ、リス、アライグマも出るようだ。

そういう対策を、みんな自分でやらなくちゃいけない。

ムカデが出ると聞いて慌てていたら、逆に、「え、東京にはムカデ、いないんですか？」と驚かれた。

今は私も、それなりに対策をねっている。

鎌倉に住み始めたばかりの頃、住民の方がみなさん、しっかりと自覚を持って暮らしているような感じがしたのは、きっと、こういう自然環境が理由なのかもしれない。

防犯とか虫対策とか、とにかく、自分の身は自分で守らなくちゃいけない。

東京の方が、ぼんやり生きていてもなんとかなる面が多いのかも。

私も、東京に出るとなんだか気が緩んでしまう。

クモは、死んだふりをするので、最初に逃げられてからは、執念深く潰していた。

本当に、ごめんなさい。

でも、どうやらクモは、潰しちゃいけなかったみたい。

だからこれからは、虫取り網でとらえて、外に逃がしてあげようと思っている。

ムカデの方は、みなさん、熱湯をかけるのが一番とおっしゃるので、私もそれにならうつもり。

クモとムカデに対する待遇が、あまりに違うようだけど。

どうしてもどっちかに生まれ変わらなくちゃいけないなら、私はクモにしよう。

さてさて、ペンギンがわが家に招いてしまったヤモリ。

逆に家から出られなくて困っていやしないかと、心配している。

クリーム色で小さいヤモリだったから、私は全然怖くないけど、ペンギンはその夜、天井から落ちてくるんじゃないかと、怖くて眠れなかったという。

全く……。

あとは、ペンギンの天敵である、例のニョロニョロが出ないことを、祈るばかりだ。

おととい、昨日と梅干しの土用干しも無事に済ませた。

今日は、選挙。

テレビがないので、選挙速報を見られないことだけが、悔やまれるけど。

海へ、山へ、森へ、町へ

7月27日

ついさっき、『海へ、山へ、森へ、町へ』の見本が届いた。

これは、2010年に刊行された、『ようこそ、ちきゅう食堂へ』を中心に、その後に様々な媒体で書かせていただいたエッセイや、朝日新聞の夕刊に連載された『シアワセのかくし味』をまとめ、文庫にしたもの。

ゲラを読み返しながら、ひとつひとつの旅をしみじみと懐かしく思い出した。

それぞれの方とできたご縁は、今、私を支える大きな力になってくれている。

どの方との出会いも、奇跡のように素晴らしかった。

あとがきに、先日おじゃました滋賀の「ベルソー」のことを書かせていただいた。

松田さんはもうこの世界にはいないけれど、松田さんの料理は、私の中にちゃんと根付いている。

ぜひ、この夏の旅のご参考にしていただけたら、うれしいです。

私は今、長瀞《ながとろ》のかき氷が、ものすごーーーーーく食べたい！！！！

平澤まりこさんに描きおろしていただいたカバーのイラストが、とってもとっても素敵なので、ぜひ、お手に取ってご覧になってください。

幻冬舎文庫からの発売になります。

海風

8月1日

私は断然、「森派」なので、自分が海のそばに暮らすなんて、考えたこともないけれど、実は、今住んでいる場所は、海に近い。

ふだんは山に囲まれて暮らしているから忘れがちでも、山の向こうには海が広がっている。昨日は夜、由比ヶ浜に行った。

海に近づくにつれ、風の匂いが変わる。

あー、自分は海の近くにいるのだということを、否応なく実感させられる匂いだ。

海の家の噂は、聞いていた。

でも、鎌倉の海の家に実際に行くのは、初めてだった。

すごい!

子どもの頃の海の家をイメージしたら、大間違いだ。

特に、昨日連れて行ってもらったタイ屋台は、大賑わい。

そこには、まぎれもない「海文化」があり、私は完全にカルチャーショックだった。

ただ、この間もそうだったけど、海風に長く当たると、夜、眠れなくなってしまう。

なんていうか、体の中にまで、海風が入ってしまい、うるさくて、上手に寝つけないのだ。

体が塩漬けにされたような感じ?

ざわざわとして、しょっぱくて、目が冴《さ》えてしまう。

すっかり、体内の塩分濃度が上がってしまったようになるのだ。

海って、ものすごいパワーなんだと思う。

私はその海風パワーに、まだ対抗できない。

海が近いということは、湿度の高さでも実感する。

今日なんか、まるでお湯の中にいるみたいだもの。

水分を含んで、体がずっしりと重くなる。

洗濯物も、午後3時を過ぎると、せっかく乾いていても、海風でしょんぼりしてしまうし。

驚いたのは、昆布。

東京から持ってくる時はカチカチだったのに、ある日気づいたら、湿気《しっけ》てふにゃふにゃになっていた。

パンだって、すぐにしんなりする。

カビの生え方も、尋常じゃない。

それでも、鎌倉が好きなんだから、よっぽどいい町なのだ。

鎌倉で会う人会う人に「なじんでいる」と言われて、私はかなり、うれしいです。


今日は、カレーを作った。

ペンギンが東京に出稼ぎに行ったので、私はひとりだから、別に作る必要もないのだけど、ずっと外食だと、それはそれで疲れるので。

まずは、八百屋さんで買ってきた鎌倉産のトウモロコシを茹《ゆ》でて、屋上で、ビヤガーデン。

セミの声を聞きながら、久しぶりにひとり宴会を楽しんだ。

今、ご飯が炊けるのを待っているところ。

賑やかな食事も好きだけど、たまにはこういうしんみりしたのも、いいなぁ。

それにしても、東京に行ったペンギンを鎌倉で待っていると、なんだか自分が愛人になった気分だ。

そういう人、かつてはいっぱいいたのかも。

雨が降ってきたので、宴会終了。

いつの間にか、セミも、一匹残らず鳴きやんでいる。

今日の空の色

8月25日

ようやっと、雨が降った。

前回降ったのが思い出せないくらい、鎌倉には雨が降らなかった。

東京でゲリラ豪雨だと騒いでいる時でも、全くその素振りを見せず、雨雲が垂《た》れ籠《こ》めて空が暗くなっても、ぎりぎりのところで降らない。

結果として、湿度ばかりが高くなる。

8月は、本当に本当に暑かった。

あまりの暑さにウグイスも鳴くのをやめ、虫さえも活動を休んでいたみたい。

ペンギンが鎌倉に合流したのが9日だけど、ちょうどその頃からぐんぐん気温が上がったので、まるで暑さを引き連れてきたみたいだった。

しかも、今日また東京に戻ったので、本当に、暑さと共にやって来て、暑さと共に去って行ったよう。

もちろん、こんなに涼しいのは今日だけで、また数日後には再び残暑に悩まされそうだけど。

その間には、八幡様のぼんぼり祭りがあり、黒地蔵縁日があり、鎌倉ジャズフェスティバルがあり、それなりに、夏を満喫した。

でも、あんまり覚えていない。

まるで悪い夢にうなされていたみたいで、料理を作る気にもなれず、睡眠も浅く、とにかく体力を消耗《しょうもう》した。

やっぱり、夏との相性は最悪だ。

さっき、ペンギンを駅まで送りがてら、数週間ぶりに町を散策した。

また一人暮らしに戻ったし、しとしとと雨は降っているし、ちょっとセンチメンタルな気分になる。

鎌倉にとっては恵みの雨だけど、一方では全国各地で局地的な豪雨に見舞われているとか。

この極端な感じ、なんとかならないものかしら？

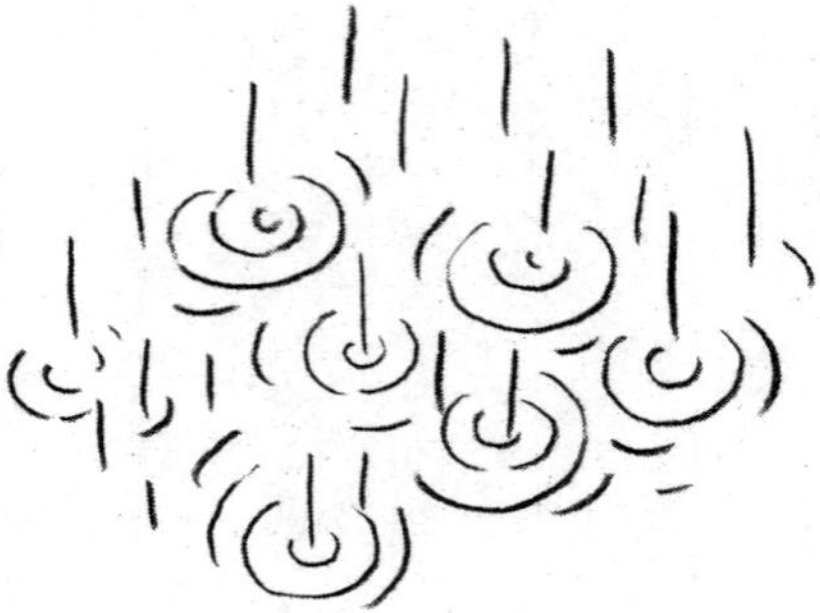

富士山が

9月18日

週末の台風はすごかった。
木々がしなるように揺れて、雨の降り方も半端じゃない。
ちょうど鎌倉でひとりだったので、とにかく家から一歩も出ずに待機する。
せっかく八幡様のお祭りだったのに、あのお天気では、流鏑馬《やぶさめ》もできなかっただろう。
そして、嵐が去った後の、ぞくぞくするような夕焼け。
なんだか胸騒ぎを覚えるような、ちょっと怖いほどの空だった。
もっとしっかり見ようと思って屋上に行ったら、富士山がくっきり。
お盆の時以来の富士山だ。

屋上から富士山が見えるなんて、得した気分。

台風はすごかったけれど、でも過ぎ去った後の青空は、清々しい。

たぶん、昨日、今日は、私が鎌倉に来てから、もっとも気持ちがいいんじゃないかしら。

湿気がなくて、風がさらさらしている。

朝晩は、涼しいというか、肌寒いくらいだし。

洗濯物も、よく乾く。


今朝は、朝焼けもきれいだった。

この季節は、部屋に差し込む朝陽に見とれてしまう。

ほんの一瞬だけど、壁に影絵ができる。

東京の仕事部屋のリフォームが完成したので、私の鎌倉暮らしも、あと一週間となった。

地理にはだいぶ詳しくなったけれど、鎌倉は奥が深くて、まだまだ知らないこともたくさんある。

残りわずかとなったら、名残惜しくて仕方ない。
このまま、気持ちのよいお天気が続きますように！

リズム

10月2日

東京での暮らしに戻って一週間が経った。

少しずつ、東京時間の感覚が戻ってくる。

それまでは当たり前だと思っていた東京の空気だけど、鎌倉で4か月を過ごしたら、とても軽く感じるようになった。

ふわふわとして、上質な羽毛のようなのだ。

それに較べると、鎌倉の空気は水分を多く含んでいる。

鎌倉に遊びに行った人が、よく、雰囲気が重い、などと口にするけれど、あれは本当に空気が重たいのだと思う。

お天気のよい日、朝洗濯物を干すと、お昼過ぎにはカラカラに乾くのだが、午後3時を過ぎると再び湿って、うっかり夜まで取り込めなかった日には、完全に湿気を含んでしまい、洗濯機から出したばかりの状態に戻ってしまう。

場所にもよるのだろうけれど、湿気は鎌倉の名物。

みなさん、そういうのを克服して、それでも愛情を持って鎌倉に住んでいらっしゃる。

その、きりりとした生きる姿勢が、まぶしくて恰好よかった。

引っ越しの荷物を片づけたり（もう二度と引っ越しはしたくない）、新しいキッチンで右往左往したり、いろいろ大変だったけど、やっと落ち着いて日常が戻ってきた。

ふたつのダイヤルがカチッと合わさって、ようやく大きな縄跳びの輪に入れた感じ。

もう10月だし、長い夏もいよいよ終了だ。

先日、『食堂かたつむり』のフランス語版が届いた。

フランスらしい、しっとりとした装丁が嬉しい。

綿毛のついた小さな小さな種が海を越えて、フランスまで飛んでいったみたいだ。

さっそく、フランス人の親友、ソニアに送ってあげよう。

よみがえった

10月8日

去年の暮れ、京都に行った際にふらりと入ったアンティークショップで出会った器。

店の一角に、何気なく置かれていたものだった。

楚々《そそ》としていて素敵な佇まいだなぁと思って手に取ると、まるで空気を持ち上げているかのような軽さ。

すぐに、心を奪われた。

お値段は、確か、千円か二千円ほどだった。

店主の男性によると、古い韓国の器だと言う。

もしも縁のところの欠けがなければ、美術館に収まってもおかしくないくらい

の品とのこと。

素人さん相手だったら売ってもいいかと思って、この値段で出したそうだ。そのまま使ってもよかったのだけど、せっかくなので、金継ぎをお願いしたのだ。

そして数か月かかり、戻ってきた。

わずかに欠けていた縁の2か所に、金継ぎが施してある。

手にした瞬間、ぞくぞくした。

店主はもう価値がないと言ったけれど、私には無限大の価値が生まれた。

器が、見事に息を吹き返し、よみがえっている。

こんなに薄くて小さな、いつ壊れてもおかしくない存在なのに、今までこの形で残っている、ということが奇跡なのだと思う。

常々、器にも持って生まれた寿命のようなものがあるように思うけれど、この器には、確かに強い生命力を感じる。

凜《りん》とした存在感とでも言うのかしら。

この器は、背筋を伸ばし、けれど大らかに、自信を持って生きている気がする。

シンプルなのに、見ていて飽きない。

手にした時に、すっと馴染《なじ》む。

いつまでも、見ていたくなる。

金継ぎをしたら、余計にひしひしとした愛情を感じるようになった。

器に対してこんな気持ちになったのは、初めてのことだ。

どんな人が、いつ、どこで作ったのだろう。

今までにどれだけの人の手を経て、今、ここにあるのだろう。

想像すると、楽しくなる。

物が壊れると、よく、でも買った方が安いから、という言葉を耳にするし、自分でもつい、そういう考え方になってしまう。

今回も、金継ぎのお値段の方が、器より何倍も高かった。

でも、それだけではないんだということを、この器が教えてくれた。

大事に、大事に、使っていこう。

ちょこっと冷奴なんかよそったら、素敵だろうな。

塩辛とかも、いいかもしれない。

鎌倉シック

10月15日

朝、辞書を手にとってページをめくったら、ふわり。

懐かしい匂いがした。

そんな所にまで、鎌倉の空気が隠れていたとは。

空気って、その空間に身を置いて呼吸をしている時は無色透明で気づかないけど、場所を変えて出会うとすぐにわかる。

匂いって、本当に魔法みたいだ。

どこでもドアみたいに、瞬時に、その場所へ連れて行ってくれるんだもの。

小さな庭に面した、山のふもとの仕事部屋。

隣の家には立派な柿の木があったっけ。

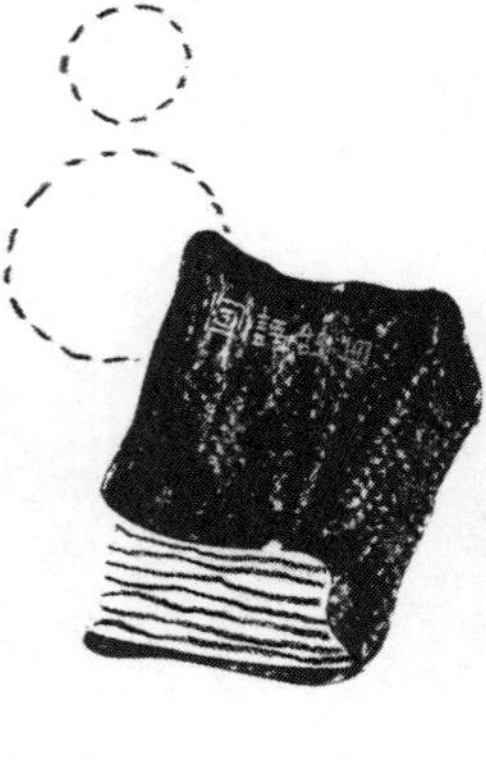

柿の木の家のご主人は、必ず、「ただいまー！」と元気よく帰ってくる。

その声を聞くと、なんだか私までもが、「おかえりなさい」と出迎えているような気になった。

鎌倉の暮らしが、懐かしい。

もう引っ越したというのに、つい先日も鎌倉に行ってきた。

湘南新宿ラインに乗ってしまえば、あっという間。

だけど、同じ道を歩いているのに、鎌倉に家がある時と、東京から行った時では、気持ちが全く違うのだ。

鎌倉に住んでいた時は、たとえ仮住まいでも、地元住民としての自負があった。

でも今は、よそから遊びに来ている観光客にしかなれない。

それが少し、淋しかった。

もう、あの家には次の人が暮らしているのかしら？

あんまり思い出すと悲しくなってしまうのでなるべく思い出さないようにしているけれど、この夏は、ノンノンとばかり遊んでいた。

ペンギンと同い年の、年上の友人、かわいいノンノン。

お団子と麦茶を持って海に行き、お月見をしたっけ。

プールに行ったり、カフェでお茶したり。

あんなふうに、すごく好きな人と「ご近所さん」でいられたのは、とても幸せだったと思う。

物理的な距離ができると、あの夏の日々が、奇跡みたいに思えてしまう。

今日は、雨の中『そして父になる』を見てきた。

場面場面で、もしも自分が当事者だったらどうしただろう、と何度も想像した。

あんなことが、本当にあって、確かに当事者だった人たちがいたのだ。

でも、いちばん尊重しなくてはいけないのは、親よりもむしろ、子どもだと思う。

子どもにとっては、他人の人生と入れ替わって、別の人になるようなものだもの。

だから、ラストには納得できたし、すごくホッとした。

大急ぎで家に帰って、餃子《ギョーザ》スープを作ってご飯。

半分残っていた春雨の袋にも、やっぱり鎌倉の匂いが隠れていた。

ミルフィーユ仕立て

10月19日

毎年、10月になるとさすがに夏掛けのお布団では寒く感じるのに、今年は半ばを過ぎてもまだ夏仕様で大丈夫だ。

なんて思っていたら、数日前から急に寒くなった。

油断して夏掛けで寝たら、ちょっと風邪をひいてしまったらしい。

長いこと、冬の布団には悩まされてきた。

冬になると、大量の寝汗をかいてしまうのだ。

そのたびに、すわ、更年期かと焦っていた。

でも、いろいろ検証したところ、どうやらそうではないらしいことが判明した。

要するに、布団の中が暑すぎたのだ。

それで、いいアイディアを思いついた。

重ね着と同じ発想である。

わが家には、夏用の薄い布団が2枚ある。

他にも、カシミアの毛布が3枚。

このカシミアの毛布は、本当に軽くて、暖かくて、肌触りがよくて、最高なのだ。

それらを、気温に応じて重ねてかけるのだ。

そう、お布団のミルフィーユ仕立て。

これが、なかなかの優れもの。

今だったら、夏掛け一枚に、カシミアの毛布一枚で。

もう少し寒くなったら、上下を入れ替え、カシミアの毛布が直接肌に触れるようにする。

その方が、保温性が高まるので。

そして、一番冷え込む時期は、カシミア、夏掛け、夏掛け、カシミア、と、合計4枚を重ねる。

これで十分暖かい。しかも、軽い。

すべて自宅でお洗濯ができるし、収納にも場所を取らない。

また春が近づいて暖かくなったら、少しずつ枚数を減らしていく。

かさばる羽布団を持たずに、一年が、この4枚の薄い掛け布団だけで間に合ってしまうのだ。

とにかく、重い布団が苦手なので、これは、画期的なアイディアだった。

この方法を試してから、寝汗にも悩まされずに済んでいる。

でも、いくらこのお布団のミルフィーユ仕立てを力説しても、なんだか相手の反応はパッとしない。

薄い布団を4枚も重ねるなんて、と可哀想な顔をされてしまうのだ。

私は、すごくいいアイディアだと思っているんだけど。

ご興味のある方は、ぜひ試してみてくださいね。

レンタ犬

10月25日

わが家に子犬がやって来た。

雑種の、コロ。

生後3か月の男の子だ。

きっかけは、ハリの先生。

近所にとても腕のいい先生がいらっしゃることがわかり、先日、さっそく伺ってみたのだった。

先生は、台湾人で、ものすごい美人。

若い頃はモデルのお仕事もされていたそうで、本当にじーっと見入ってしまうほどの美しさだった。

その先生がかわいがっているのが、2匹のやんちゃな小型犬。

治療中も、先生に会いたくてドアの向こうで待機している。

その先生が、どうしてもまた3匹目の子犬を飼いたくなったらしく、その理由として、「レンタ犬」を思いついたというのだ。

いろんな人のところにいって、セラピーしたら、いいと思わない？

そうですねー、私も預かりたいです。

なんて会話を交わした数日後。

行動派の先生は、さっそく3匹目の子犬をお迎えに行ったのである。

そしてすぐに先生から電話があり、私はスキップするような気持ちで会いに行った。

よく考えると、ペンギンとは、金魚一匹、飼ったことがない。

衝動的に犬を飼いたくなることはあるけれど、二人とも旅行が好きだし、夏は長期で家を空けるので、なかなか一歩が踏み出せない。

でも、こういう形でなら、大歓迎だ。

これまで、自分たち以外に息をする生き物は全くいなかったので、他の命があるというだけで、とても新鮮。

ペンギンは、コロを見てすっかり好々爺《こうこうや》になっている。

私は、小さい頃ウサギや小鳥は飼ったことがあるけれど、犬は初めて。

最初はどう接していいか戸惑ったけれど、だんだんコロといる時間が楽しくなった。

だって、コロはどこに行くにも私の後を追いかけてくるのだ。

私が本を開けば、自分もそばに寄ってきて、うつらうつらしているし。

もしゃもしゃの毛も、早い呼吸も、プラスチックみたいな黒い鼻も、小さなしっぽも、何もかもが愛おしい。

ただ、私の腕に両手でしがみついて立ち上がり、一生懸命腰を振っていたのには笑ったけど。

犬の3か月って、もうそんな時期なんだ。

それにしても、まだ2回しか会ったことがないのに、大事なコロを預けてくれた先生は、寛大だなーと思う。

先生は、本当にチャーミングな人だ。

この間は、自宅で飼っていたミツバチの蜂蜜を、治療が終わった後になめさせてくれた。

もう何年もずっと前を通っていたのに……。

人との出会いって、タイミングが大事かもしれない。

これから少しずつ、わが家への滞在時間を長くしていく予定。

次回から、ちゃんと決まった所でオシッコができるように、訓練しないと！

秋になると

11月1日

毎年、頭を悩ませる。
どうしようかな?
今年は、もういいかしら?
見なかったことにして、通り過ぎることもできるし。でも、やっぱり……。
栗のことだ。
正直、口に入るまでの手間と言ったら、半端じゃない。
鬼皮はまだ剝《む》けても、その次の渋皮となると、かなりの重労働。
毎回、格闘しながら、もう二度と買うもんか! と思ってしまう。
しかも、がんばって剝いて喜ばれるならやり甲斐もあるのだが、あいにくペン

ギンは、喜ばない。

せっかく栗ご飯を作っても、あっさりとした反応なのだ。

芋、栗、かぼちゃは、女子どもの食べ物と信じ切っていて、自分は松茸の方がいいなんてことを、平気で言う。

となると、せっかく栗を剝いて料理しても、喜ぶのは自分だけ。

自分さえ我慢すれば、あの苦労を味わわずに済むと思うと、手が出せなくなってしまう。

でも、秋に栗は食べたいし。

結果として、この季節は八百屋さんの前を通るたびに逡巡《しゅんじゅん》するはめになる。

それに較べると、人が剝いてくれた栗の、なんとありがたいこと。

自分が苦労していない分、無条件においしい。

栗ご飯、栗の甘露煮、栗きんとん。

栗は、しみじみかわいいと、素直に喜ぶことができる。

とはいえ、今年の栗をどうすべきかは、まだ結論が出ていない。

買うなら早く買わないと。

心を悩ませている間にも、栗の旬が粛々と過ぎていく。
きょうの晩ご飯は、この秋はじめての、芋煮汁《いもにじる》だった。
明日の朝は、残りの汁にカレー粉を入れて、芋煮カレー蕎麦の予定。
これがまた、悶絶《もんぜつ》するほどのおいしさだったりする。

干物日和

11月13日

家に帰ったら、コロがいた。

玄関をあけるなり、向こうから駆けてくる。

ハリの治療に行ったペンギンが、そのまま連れてきたと言う。

コロは、明らかに大きくなっている。

パン生地が、発酵しているみたいだ。

これからもっともっと成長するらしく、先生からは、「今のうちしかかわいくないからねー」なんて言われている。

でも、やっぱりかわいい。

首に、蝶ネクタイなんか結んでもらって。

コロは、目の周りが黒い毛でおおわれているので、どこに目があるかわからないのがチャームポイントだ。

今まで、道端で必死に犬に話しかけている散歩中の「犬おばさん」を、私は冷めた目で見てきた。

そんなこと犬に言ったって、わかるわけないのに……、と。

けれど、コロといる時の私は、完全な「犬おばさん」だ。

ふだんよりも高めの声で、どんどんコロに話しかけている。

今回は、一緒に映画のＤＶＤを見て過ごした。

おなかに載せると、なんとも温かい。

コロは、時々ずり落ちそうになりながらも、自分の居心地のいいベストポジションを見つけて眠っている。

オシッコをされちゃうんじゃないかと心配だったけど、最後までお利口さんだった。

コロがいれば、チェリーピローも必要ない。

そうそう、コロは、４度目にして初めて、シートの上でオシッコをしてくれた。

あまりの感動に、ペンギンとふたり、拍手喝采でコロを褒め称えた。

よくやったよー、えらいねー、すごいすごい、と4本の手で撫でまわされるコロはちょっと迷惑そうだったけど、本当に嬉しかったのだ。

次回まで、ちゃんと覚えていてくれるといいのだけど。

それにしても、昨日からの寒さはなんなのだろう。

今まで、こんなに早く床暖房のお世話になることはなかったのに。

朝なんて、しびれるような寒さだ。

でも、すごく気持ちいい。

せっかくなので、魚屋さんで鯵《あじ》を買ってきて、自家製の干物を作った。

鎌倉にいた時、地物の鯵がおいしくて、毎日のように鯵寿司を作って食べていたっけ。

この鯵を知っちゃったら、もうヨソのは食べられないねー、なんて生意気なことを言い、しばらく東京では鯵を買っていなかった。

でも、もうそろそろ舌も、鎌倉の鯵の記憶を忘れている。

魚屋さんが、しばらく氷水につけて血や汚れを落としてから塩をふるといいと教えてくれたので、その通りにやってみた。
そして、一晩外に干しておく。
空気が冷たくて乾燥しているから、絶好の干物日和だ。
翌朝には、水分が抜けて、おいしそうな干物になっていた。

ハンナ・アーレント

11月19日

『ハンナ・アーレント』を見に、岩波ホールに行ってきた。

自らもナチスの強制収容所に送られたユダヤ人哲学者の、実話をもとにした映画。

彼女は、イスラエルで行われたナチの戦犯、アイヒマンの裁判を傍聴し、その一部始終を亡命先のアメリカで、ザ・ニューヨーカー誌に発表する。

そのことで、彼女は生涯、バッシングを浴びることになる。

ハンナの行動は、とても勇気のいることだった。

けれど、彼女は自分の見たアイヒマンの真実、つまりアイヒマンは自分で考えて判断するのを放棄し、上からの命令に忠実に従っていただけだとする主張を、恐れずに発表した。

常に考えることが大事だとするハンナのスピーチが、本当に見事だった。

そして同じことは、日本にも言えることだと痛感する。

ハンナは、戦争や悪に対して、哲学的な立場から、正直に向き合っている。

正しいことを正しいと言い続けることは、とても難しいことだ。

誰だって批判されるのは嫌だし、自分の立場や、家族や友人のことを考えると、なかなか言えないこともある。

私だってそうだ。

でも、ハンナはひるまなかった。

その生き様に感動した。

ものすごい確固たる信念がなければ、できなかっただろう。

一時期、ハイデガーと関係があったことも、影響を及ぼしているのかもしれない。

最近、家に引きこもって映画ばかり見ている。

いろいろ見たけど、『かぞくのくに』と『トガニ』が、すごーくよかった。

特に『トガニ』は、韓国で実際にあった障害者施設に暮らす子ども達に対しての性的虐待をもとにつくられた映画で、深く深く印象に残る作品だった。

『ハンナ・アーレント』にしろ、『かぞくのくに』にしろ『トガニ』にしろ、どこにもわざとらしさがなくて、完全にドキュメンタリーを見ている気持ちになる。過剰な演出で、強引に感動させようという意図も感じさせない。

いずれも、実話や事実がもとになって、映画化されたもの。

完璧なフィクションも好きだけど、この3つは、私がもっとも好きなタイプの映画かもしれない。

もし、この中でもひとつを人に勧めるなら、『トガニ』かな。

とにかく何もかもが、本当に本当に素晴らしかった。

コロの

11月23日

秋になるとお目見えする、ご近所さんの柿販売所。

駐車場の一角にぽつんと建つ小屋の中にコインロッカーがあり、その中に採れたての柿が並んでいる。

筆柿《ふでがき》、次郎、富有《ふゆう》、太秋《たいしゅう》など、それぞれ種類ごとに3、4個がビニール袋に入れられ、100円硬貨を入れて鍵を開けると中の柿を取り出せるシステムだ。

週3日、朝10時からの販売は結構人気があって、お昼すぎには、大半のロッカーが空っぽになっている。

大きさもまちまちだし、ちょっと傷んでいたりもするけれど、近所の畑で大事に大事に育てられた無農薬栽培の柿は、甘すぎないので、そのまま食べるだけで

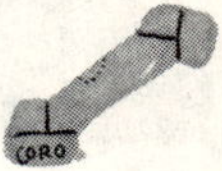

なく、白和えや胡麻和えなどにしてもおいしい。

だから発売日は、いつもわくわくする。

100円玉をかき集め、バスケットを片手に、今日はどんな柿があるかなぁ、と期待しながら行くのだ。

その、ご近所さんの柿販売所もついに終了し、秋の終わりを実感する。

いよいよ、冬がやって来る。

コロは、自分のお気に入りの毛布を持って来るようになった。

数日ぶりに再会すると、一目散に私を目がけて走ってくる。

興奮した様子でじゃれてきて、すきあらば、私の左腕に両手をかけて立ち上がり、腰を動かす。

これが、コロのお気に入りのポーズ。

体が大きくなったせいで、私の腕を押さえる力も、かなり強くなった。

一通り腰を動かすと満足するのか、その後はかなりおとなしくなる。

夕方にかけてはお休みモードで、うとうとすることが多い。

お気に入りの毛布をかけてあげたら、すーすー寝ていてかわいかった。

ららちゃんの寝顔もかわいいけど、コロの寝顔も負けていない。

犬もやっぱり頭を支える枕があると安定するのか、私のつま先や手のひらを下に置いてやると、気持ちよさそうだ。

腕の付け根を優しくマッサージしてやると、コロはすぐにうとうと。

ペンギンと同じだから、笑ってしまう。

コロとペンギンを静かにさせたかったら、腕の付け根をもんでやること。

トイレは、かなりの確率でシートにしてくれるようになった。

1回は私が広げっぱなしにしていた新聞の上に、1回はシートと床の境界線にしてしまったけれど、あとの2回は、ばっちりシートに命中。

コロは賢いねー、とまた大げさに褒め称えた、はずだったんだけど……。

夜になって、私はコロのお見送りをペンギンに任せ、先にお風呂に入ることに。

いつものようにコロは私の後ろをついてきたけど、ごめんねーと謝りながら、ドアを閉める。

コロはしばらく、ドアの前に座って私のことを待っていたらしい。

でも、先生が迎えに来たので、ペンギンがひとりでコロを抱いて、下まで連れて行った。

ちょっと寂しかったけれど、また会えると思ったし。

ところが……。

お風呂から上がってドアを開けた瞬間、ありえない光景が目に飛び込んでくる。

ドアの前に、黄色い水たまりと、茶色い固形物が残されているのだ。

コロだ。

きっと私が見送らなかった腹いせに、わざとそこにして行ったとしか思えない。

恐るべし、コロ。

次からは、ちゃんと最後まで遊んであげなくちゃ……。

コロが帰ってから、ペンギンに、コロのスプーンをわかるようにしておいてと頼んだら、マジックで大きく名前を書いてくれた。

確かにこれなら、絶対に間違えない。

少しずつ、「コロの」が増えていく。

ツキノワグマ

12月1日

ニードルパンチのワークショップに参加した。

名前は聞いたことがあったけれど、実際にやるのは初めて。

ニードルパンチというのは、先の尖《とが》った針のようなもののことで、ふわふわの羊毛をこれで刺して固め、形を作っていく。

お題は、ツキノワグマ。

最初にグレーの羊毛で元の土台となる胴体と手足を作り、そこにこげ茶色の羊毛をかぶせて形作っていく。

言葉にすると簡単だけれど、もともとふわふわだった羊毛を、しっかりと固くしていくのは大変。

しかも、クマっぽいシルエットをイメージしながらやっていくのだ。

タワシを土台に、みなさんチクチク。

作業自体は単純で、とにかく羊毛のかたまりに、ニードルパンチを刺していく。

でも、うっかりするとすぐに自分の指に刺してしまい、血まみれになる。

ニードルパンチの先には極細の窪《くぼ》みがあって、かなり先が尖っているのだ。

でも、少しずつクマっぽくなっていくから不思議。

特に、目や耳をつけると、断然クマらしくなる。

そして、胸に白い印を入れると、かなりツキノワグマに近づいた。

2時間後、参加者10名のツキノワグマを並べて記念撮影。

それぞれ個性があって、ものすごくかわいい。

私が作ったのは、冬眠前の、かなりおなかがぽっちゃりした食いしん坊のツキノワグマ。

前から見るとそんなでもないけれど、横から見ると、おなかがぽっこり飛び出している。

うーん、どうも家にも、似ている体型の人がいるような……。

後ろ姿は、ムーミンにも似ている。
ワークショップの時間内ではまだ完成しなかったので、電車の中でも、チクチク。
これをやっていると、どんどん無心になってくる。
ちょっと、藁人形《わら》っぽい要素もあるかもしれない。
家に帰ってニュースを見ながらも、チクチク。
どんどん愛着がわいて、手放せなくなりそうだ。
でもこの子は、プレゼント。
喜んでもらえるといいんだけど。

フランスでも

12月14日

うれしいお知らせがあった。

イタリアのバンカレッツァ賞に続き、フランスでも『食堂かたつむり』がウジェニー・ブラジエ小説賞を受賞したとのこと。

この賞は、リヨンの有名なお母さん料理人ウジェニー・ブラジエにちなんだものので、女性作家が書いた料理にまつわる作品に贈られるという。

フランスではまだ発売されてからそんなに時間が経っていないにもかかわらず、多くの方に読んでいただけて、本当にうれしい。

ふたつほど、お知らせです。

『ESSE』で、エッセイの連載をさせていただくことになりました。

タイトルは、「ご贔屓手帖」。

私がふだん愛用している身の回りのもの、ずっと大切にしているものなどを紹介するページです。

第一回目の新年特大号は、お正月道具について書きました。

それともうひとつ、最新号の『野性時代』で、読み切り小説を書かせていただきました。

こちらのタイトルは、「ひとなつの花」です。


きのう、ルンバにお掃除《そうじ》をお願いしたら、うっかり、「コロ」と呼んでしまい、自分でも笑ってしまった。

わざわざ私の足元にすり寄ってくるところとか、入っちゃいけないところに限って入ろうとする性質が、ルンバとコロはそっくりだ。

でもルンバは、私の腕にしがみついて腰を振ったりはしないけれど。

今度コロが来たら、動いているルンバにどう反応するか、ふたり（?）をお見合いさせてみよう。

はじめてのお散歩

12月15日

コロの腰振り事件簿、続報である。

わたしの腕、主に左手にしがみついては、せっせと腰を動かしていたコロ。そんなにわたしのことが好きなのかしら〜、と思っていたら、どうやら大間違いだった。それは、犬が目下の者にとる行動らしいのだ。

つまりコロは、わたしを完全に下に見ているということ。

わたしはコロの、召使いのような存在に思われているらしい。

腰を振りそうになったら腕を振り払うか腰を押さえつけてさせないようにという先生からのアドバイスを受け、コロが腕を狙ってくるたびに、振り払っていた。

すると今度は、腕がダメだと悟ったのか、わたしの足にしがみついて腰を振る。

靴下を履こうとしても飛びついてくるので、なかなか履けない。

それでも、がんばってがんばって振り払っていた。

とうとうコロ、諦めたらしい。

わたしがダメならばと、今度はいつも一緒に持ってくるお気に入りの毛布をターゲットに定めた。

毛布を上からぶら下げると、それに必死にしがみついて腰を振る。

ぶら下げてもらわなくてもいいと知ると、今度は自分でも毛布を羽交い締めにし、腰をフリフリ。

毛布に犬（たぶん）の模様がついているから、コロが本気の分、なおのこと滑《こっ》稽《けい》だ。

毛布を抱きしめ、時にウッ、ウッと艶《なまめ》かしいうめき声を上げながら、必死に腰を動かしているコロ。

コロは、もうそろそろ生後半年だ。

先生のお宅で他の2匹といる時と、うちに連れてきた時のコロは、まるで別人だ。

先生のお宅では犬同士じゃれあって大騒ぎし、ギャンギャン吠えているのに、うちでは本当におりこうさん。

ほとんど吠えることもない。

こうまで違うと、二重人格だ。

人間の子どもも同じように、兄弟の中でもまれて育つのと、ひとりっ子としてのんびり育つのとでは、性格が全然違ってくるんだろうな。

今日も、鍼治療の帰りに、コロを連れてきた。

今までは抱っこ専門だったけど、そろそろお散歩できるようになったとのこと。

コロを抱っこしていると、だんだん重くて手がしびれてくるから助かった。

わたしとは、記念すべき初めてのお散歩である。

毛布を押さえ込んで腰を動かしているコロは野獣のようなのに、一通り繰り返してそれに飽きると、急に子犬モードになって甘えてくるのも、おもしろい。

今は、子犬モードでペンギンに甘えている。

まだまだ赤ちゃんのはずなんだけど、そのうち、あっという間にコロに追い越されてしまうのだろう。

哲学

12月19日

今夜は本当に雪が降りそうな寒さだ。

あまりに寒いので、お風呂にも行かず、家にこもって読書三昧。

重松清さんの、『きみの町で』を再読した。

これ、本当に素晴らしい本だと思う。

子どもでも理解できるようなわかりやすい言葉で、とても深い内容のことが書かれている。

また、第一章の「よいこと、わるいことって、なに？」からぐいぐいと引き込まれた。

電車の中で、席を譲るべきかどうしたらいいのか、それぞれの登場人物たちの葛藤《かっとう》が描かれているのだけど、その心のうちの描写がとてもこまやかなのだ。

こういうことに、決してひとつの答えがあるわけではない。

この本に収められているほとんどのお話は、『こども哲学』という全7巻のシリーズに、ひとつずつ付録として書かれたもの。

もとはもとはフランスで刊行された本で、確かにフランスでは、とても幼い頃から、「哲学」が身近にある。

「自分って、なに？」とか、「人生って、なに？」というそれぞれのテーマにそって書かれたお話だ。

こういうお話を書くのは本当に難しいだろうな、と思って読んでいたら、やっぱり重松さんも書かれていた。

ひとつひとつのテーマと向き合うことで、自分なりの、哲学とは何か？　という大きな問いの答えを見つけたかったそうだ。

真ん中には、「あの町で」という、東日本大震災のことを書いた短編も収められている。

これもまたすごくよかった。

日本では、子ども達に学校の授業で道徳を教えようとしているようだけれど、わたしは、「道徳」ではなくて、「哲学」がいいんじゃないかと思う。

道徳は正しさを上から教えるイメージだけど、哲学は自分で考えて答えを見つけることのような気がする。

映画の中で、ハンナ・アーレントも言っていたけれど、哲学というのは、考えることだ。

クリスマスのプレゼント用に2冊買った。

最初は何が書いてあるかわからなくても、何度も何度も読み返すうちに、それまで気づかなかった新たな発見がある。

そして子どもだけでなく、大人にも、十分読み応えのある本だ。

大わらわ

12月29日

クリスマスがすぎると、一気に年の瀬が迫ってくる。
今日は、朝から台所に立って、おせち作り。
黒豆を炊いて、五色なますの下ごしらえをせっせとこなす。
ペンギンが築地に買い出しに行ってくれたタコは酢につけて、大晦日に食べる
立派な平貝はお醬油味で濃いめに煮た。
他にも、叩きゴボウなど、片っ端から料理する。
今は、鹿児島産の新タケノコを下ゆでしているところ。
これは、4日のお客様デーまで、とっておく予定。
ただ今の時刻は、夕方の4時40分。

きれいな夕暮れの空が広がっている。

お正月はお天気がよさそうで、一安心だ。

お餅も買ったし、明日の午後一気に伊達巻を焼いたら、お正月を迎える準備はほぼ完成する。

今夜は大好きなお寿司屋さんに行って、ペンギンと忘年会だし、明日はふぐパーティーにお呼ばれ。

年末年始は、毎日おいしいものが食べられて、幸せだ。

この時期が、一年でもっとも、冷蔵庫が充実する。


一昨日作ったお客様メニューは、こちら。

前菜の、柿とレンコンの黒酢和えに始まって、近所でとれた銀杏《ぎんなん》、深谷ネギのすりながし、おちょこ一杯のウニ寿司、あわびのお醤油煮、牛肉の紅白味噌漬け、まぐろ丼、生揚げとお揚げの姉妹煮、イカの一夜干し。

絶対に食べられない量のはずなのに、健啖家《けんたんか》のお客様、次々と召し上がってくださり、作りがいがあった。

料理って、作る人と食べる人、両方の共同作業だというのを、改めて実感する。
これだけ喜んで食べていただけたら、作る方も大満足だ。
最後は芋煮、しかもカレーバージョンのお蕎麦まで、胃袋に収めてくださった。
もしかすると、これまでで一番食べっぷりのいいお客様かも。
上手な食べ方ってこういうのを言うんだと、勉強になった。
ものすごい達成感だ。
お酒は、無濾過《むろか》の「開運」を冷で。
今は外に置いておくと、ちょうどいい温度に冷えてくれる。
今年もあと2日。
気合を入れて、乗り切ろう。

鎌倉で過ごす日本の夏――あとがきにかえて

この夏は、期間限定で鎌倉に住んでいた。去年、一昨年はベルリン、その前はバンクーバーだったので、じつに、四年ぶりに日本で夏を過ごしたことになる。一度でいいから、鎌倉に住んでみたいと思っていた。その夢が、ようやく叶《かな》ったのである。借りたのは、山の方の小さな家。駅からは少し離れるけれど、その分、緑がたくさんあって、いかにも鎌倉らしい風情の残る地区である。

家は、テラスハウスになっていて、一階、二階に分かれており、広々とした屋上もある。一階は仕事部屋と寝室、二階はリビングとキッチンとバスルームという間取りだ。大家さんが所有する小高い山のふもとにあり、どの窓から外を見渡しても、緑が目に飛び込んでくる。

そして、方々から聞こえてくる、鳥の声。鳥好きの私としては、たまらない。まるで、美声を競うコンテストをしているみたいに、昼間は、きれいな鳥の声が響いてくる。

東京と違い、昼と夜の境界線がはっきりしているのも新鮮だった。夕方になると、すーっと鳥の声がしなくなり、陽が沈むときちんと夜がやって来る。東京の夜はなんとなくぼんやりと明るいけれど、鎌倉の夜はしっかりと暗くなる。屋上からは、星がたくさん見られるし、近くの小川には、ホタルも飛んでいる。ふわりふわり、儚《はかな》げに飛ぶたったひとつの小さな光を、近所の人が集まって固唾《かたず》をのんで見つめている。東京では見られない光景だ。

必要最小限の荷物しか持っていかなかったので、ある物だけで工夫をこらしながら暮らしていた。テレビも、電話も、電子レンジも、掃除機もなく、まるでキャンプのような生活なのだ。どうしても誰かに電話をかけたい時は、最寄りの神社の参道まで出向き、そこにある公衆電話からかけるのである。鎌倉では、不便さを楽しめる余裕があった。

朝は、すべての窓を開け放つことから始まる。お湯を沸かしている間に、ささっと床を水拭きし、洗濯機を回す。洗濯ができたら、屋上に干しに行く。晴れている日は、日差しが強いので、あっという間に乾いてしまう。ざっと家事が済んだら、仕事場へ。午前中はパソコンに向かい、原稿を書いたり、直したりして時間を過ごす。

お昼になったら、簡単な食事を作って食べる。近所には、魚屋さんやパン屋さん、お総菜《そうざい》屋さんやソーセージ屋さんもある。午後は、静かに本を読んだり、手紙を書いたり、物語の構想を温めたり。あまりに風が気持ちよくて、ごろんと床に寝そべったまま、うたた寝してしまうこともあった。

少し陽が傾いて涼しくなったら、散歩に出る。古都鎌倉には、神社仏閣がたくさんあるから、散歩コースには事欠かない。帰りにふらりとお店に寄っておなかを満たすこともあれば、家に帰って晩ごはんを作ったり。こうして、あっという間に一日が終わる。鎌倉では、いつにもまして早寝早起きだった。

この暮らしを幸福と呼ばずして、なんと言えばいいのだろう。もしかすると、私の理想郷だったかもしれない。